風雲時代

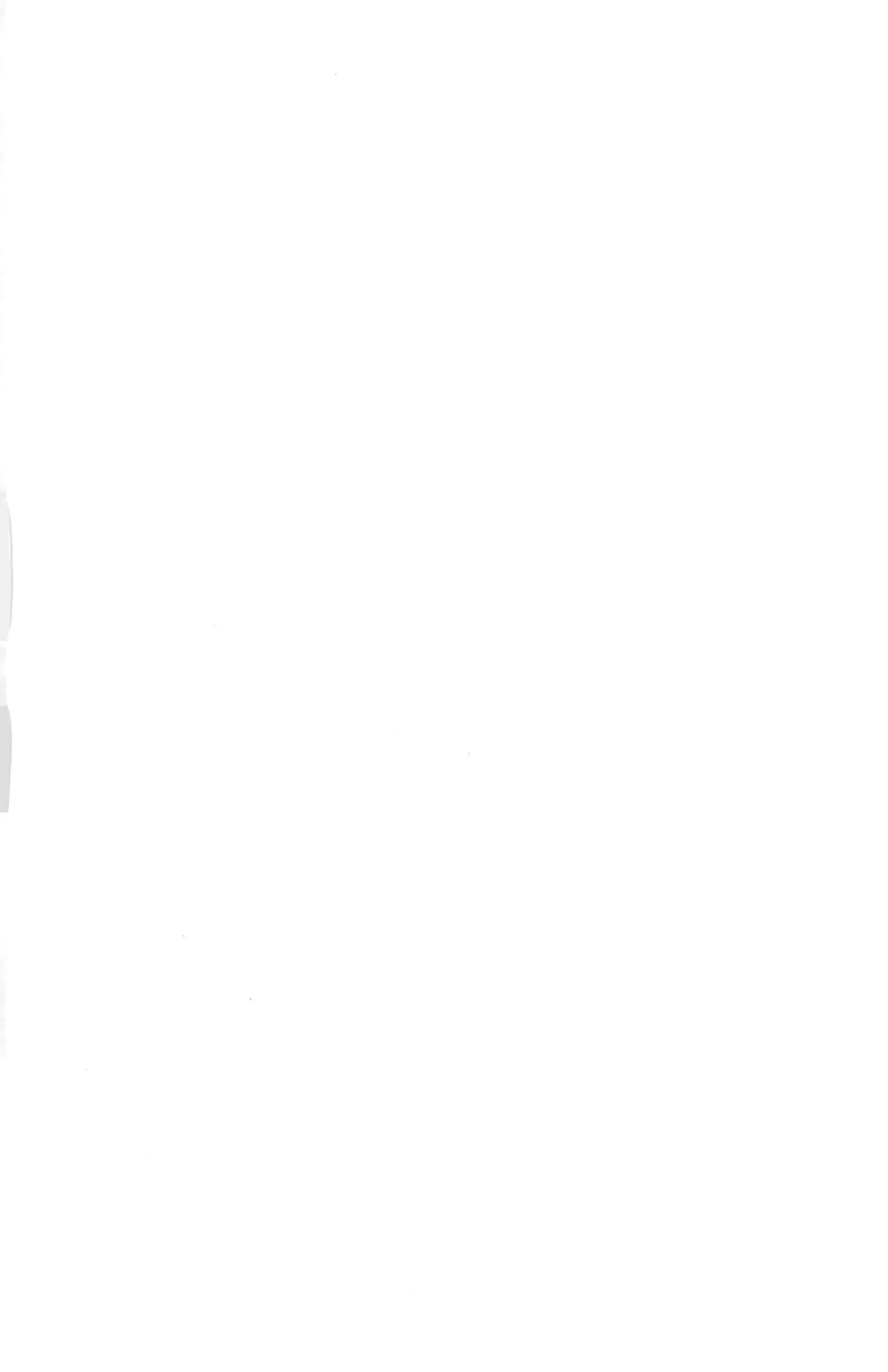

我抓鬼的日子

之7 驚魂天譴

君子無醉——著

我抓鬼的日子

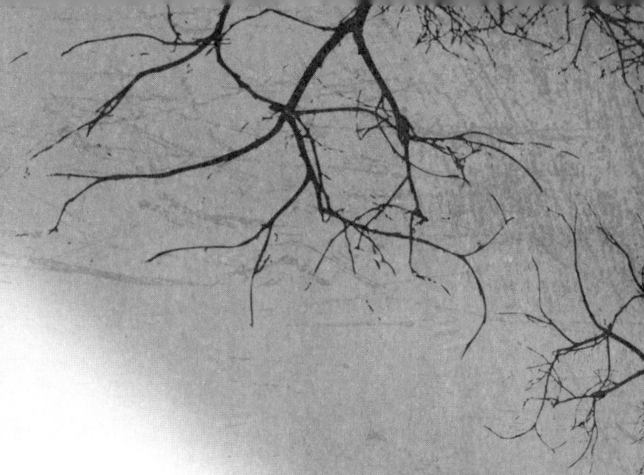

目錄

第七十一章

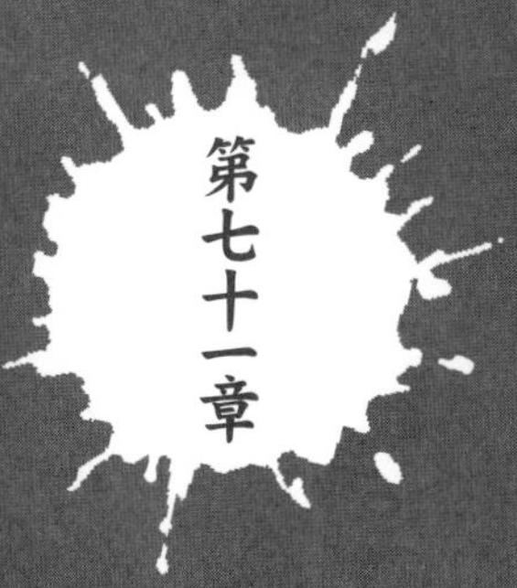

各懷鬼胎

趙天棟滿臉激動，
他探手從棺材裏取出了一株晶瑩明澈的玉枝，小心地裝進懷裏，
然後又從裏面捧出一團散發著金色光芒的枕頭大小的東西。
趙天棟懷抱著金色枕頭，轉身就向他所說的那個開門的方向跑去。

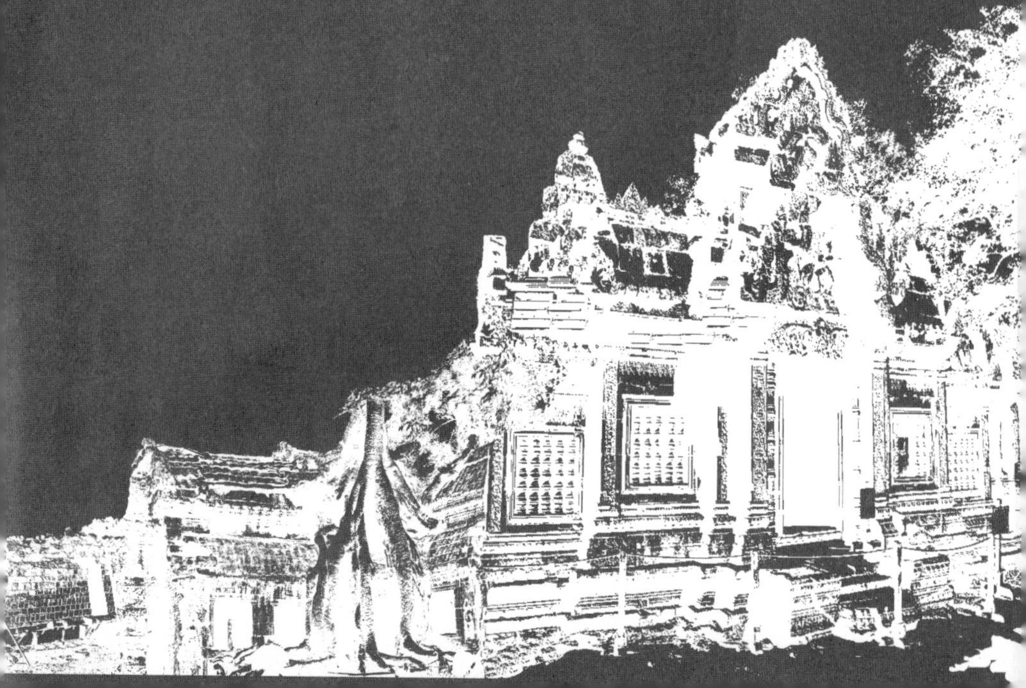

泰岳面無表情地看著我，不動聲色地將一塊乳白色東西收進懷裏，才向我走過來，隔著棺材對我說道：「對不起，我是迫不得已的，希望你不要怪我。」

「混蛋！」我壓不住心中的怒火，不禁大罵一聲，飛身躍到棺材上，一拳打到泰岳的額頭上。

泰岳被我一拳打倒了，趴在粗大的鐵鏈上喘了一會兒才站起身來，看著我說：「你打吧，我不會還手的。但是，我希望你聽我說完話再動手。」

「你還有什麼好說的？我不想聽你這個虛偽的人說話，你滾吧，別在這裏讓我噁心！」我對泰岳啐了一口，一腳踹向他的小腹。

泰岳向後飛跌出去，差點從鐵鏈上掉了下去。他抓住鐵鏈，又爬了上來，開始有些憤怒地瞪著我吼道：

「你他媽的混蛋，你以為我是故意要算計你的嗎？我只是擔心找不到我要找的東西，所以才先進來看看的。你現在也看到了，這棺材好好的，我壓根兒就沒動過，更沒有獨吞。我要找的東西和你們這次的任務毫無關係，我只是想要拿它去救我的愛人。你這麼生氣做什麼？難道我真的罪大惡極嗎？」

「你說得好，你當然沒法獨吞，因為，你壓根就打不開這棺材！要不然，還不知道會怎麼樣了呢！你真當我是傻子嗎？」我怒視著泰岳。

「嗨，跟這混蛋廢什麼話，老子早就看他不爽了，他娘的，鬼鬼祟祟的，一看就不是好人。」二子明白發生了什麼事情，很氣憤地對我說道。

「這是怎麼回事？」婁含和張三公這時也沿著鐵鏈爬了過來，站在我身後疑惑地問道。

「這個混蛋先跑下來了，他想獨吞！」二子滿臉不屑地看著泰岳。

「你，你剛才在棺材下面做什麼？」趙天棟也從下面爬了上來，他滿臉焦急地問道。

「嘿嘿，老道，我在幹什麼，想必你比我清楚吧。這龍涎山髓，也是你想要的東西吧？不怕告訴你，我就是怕你和我搶這個。怎麼樣，你現在想搶回去嗎？」泰岳冷笑道。

我和二子對望了一眼，都是滿臉迷惑，禁不住問道：

「什麼龍涎山髓？你們在搞什麼鬼？」

趙天棟長嘆一口氣道：

「龍涎山髓就是這山體龍氣，經過千百年時間凝結成的精華奇寶，據說可以讓精怪化形，脫身成人。本來我還真想找這個東西的，但是，既然你是要拿去救人的，那我就不和你搶了。我來這裏是有其他任務的，我要為我的師門取回一樣重要的寶物，這個事情方曉兄弟清楚。你如果不相信的話，可以問他。」

泰岳有些疑惑地看了看我，問道：「他說的是真的？他不是在找龍涎山髓？」

「不是。」我有些生氣地說，「你也太小心了吧？你到底要用它去救什麼人？那個人和你是什麼關係？」

泰岳沉默了，神情有些猶豫，似乎正在進行劇烈的心理掙扎。

「算了，你不說也沒人強迫你，從今往後，我們再也不是兄弟了。是你先對不住我，不要怪我無情。今天算是看在兄弟情分上，我放你一馬，日後再見，你我就是水火不容。你不要以為我是軟柿子，可以隨意捏，我方曉到現在為止，還沒有怕過誰，你不信的話，儘管試試。」我冷冷地說道。

「不，大同，有些事情，你不會明白的。」

我沒有想到，泰岳居然叫出了我的真名！

我記得很清楚，我從來沒有告訴過他我的真名。我不禁抬眼向二子望過去，二子正一臉無辜地看著我，低聲說道：「我絕對沒有說過，就是夢話也沒有說過。」

我不覺心裏更加疑惑地看向泰岳，沉聲問道：

「你到底是誰？怎麼會知道我的真名？」

「嘿嘿，大同。」泰岳微微一笑，放鬆了心情，說道：「這麼和你說吧，我要去救的那個人，其實你也認識，而且對你還有不小的恩情。」

「哦？」我眉毛一挑，很疑惑地看著他問道：「誰？」

「山草香。」泰岳瞇眼看著我，攤攤手說：「我只能說這麼多了。其他事情，你能悟到多少就是多少了。」

「山草香?!」我很驚訝，沒想到，這事居然和「她」有關。

在我的記憶中，和「山草香」這個字眼有聯繫的人，只有一個。那是一個女人，一個超凡脫俗的女人。遺憾的是，我曾經與這個女人幾度相遇，卻從來都沒有見過她的樣子。雖然如此，我依舊在心裏對她敬重、嚮往，將她當成知心摯友。她不但幫過我很多次，還間接救過我的命。

「你說的是真的嗎？你不要再騙我。」我非常嚴肅地對泰岳說。

「我有必要說謊嗎？再說，這個名字，你覺得除了你之外，還有誰會知道嗎？」泰岳雙手抱胸，一臉坦然地看著我。

我不覺心中一動，擰眉看著他，沉聲問道：「那你到底是誰？為什麼會知道這些？」

「嘿嘿，你說我是誰？嗯？」泰岳嬉笑地說，「他娘的，你這個小鬼居然敢對老子動手，信不信我一巴掌拍死你？」

我驚得眼珠子都快瞪了出來，不禁快步跑到他面前，一把抓住他的衣領，咬牙切齒地罵道：「果然是你這個混蛋，他媽的！」

「哈哈哈！」見到我氣急敗壞的樣子，泰岳得意地大笑起來。

但是，不對！我突然想起了一件事情，於是鬆開泰岳的衣領，冷眼看著他說：「還是不對，你是冒充的。他不是你這個樣子。」

「你怎麼就知道不是我這個樣子？」泰岳仍然嬉笑地看著我。

「我實話告訴你吧，鐵子易容成趙山，和我們一起執行任務的時候，曾經被我看到過真實的面目，那時我沒有揭穿他。你現在臉上沒有戴面具，我已經檢查過了。你不是鐵子，你休想糊弄我！」我冷眼看著泰岳，陰魂尺已經捏在了手中。

「嘿嘿，你說的是不是這個？」泰岳微微一笑，從背包裏掏出了一團人皮面具，塞到我手裏，說道：「好好看看吧，有幾層？」

「嗯？」我把人皮面具接過來一看，赫然發現，面具居然有兩層，不由得一愣，問道：「這是怎麼回事？」

「很簡單，鐵子的面容也是假的，現在的臉才是真的。我第一次見你的時候，就是戴著面具的。後來進山洞時，又戴了一層，所以，你前兩次見到的臉都是假的，現在才是真的。所以你無法識破我的身分。」泰岳非常得意地收回了人皮面具，瞇眼看著我說：「現在，你可以相信我了嗎？」

「我可以相信你，但是，你能給我解釋一下，你為什麼要做這些事情嗎？你到底是幹什麼的？你又為什麼會出現在這裏？」我皺眉疑惑地問道。

「呵呵，我到這裏的原因，你不是已經知道了嗎？至於我為什麼會出現在這裏，為什麼知道在這裏可以找到我想要的東西，嘿嘿，這個嘛，那就要多謝張二山先生了。要是他沒有隨手亂丟東西的習慣，我也不會知道這一切。」

泰岳含笑向二子看去。

「我操，怎麼扯上我了？喂喂，我說，你這傢伙，和我認識嗎？」二子滿心疑惑地看著泰岳。

泰岳微微一笑道：「你曾經隨手把你和那個大掌櫃的通信內容，丟在你原來的住處。而我嘛，正好去找大同，不小心看到了，就按照你們約定的聚頭方法到達了青衣祠。嘿嘿，隊長大人，下次做事情可要嚴密一點啊。幸好是我發現了那些東西，不然的話，不知道要鬧出什麼樣的事情來呢。」

「我操！」二子不覺一拍腦袋，這才想起了什麼來。

我無奈地看了二子一眼，然後對泰岳問道：

「那你為什麼老是神神秘秘的，不敢以真面目示人？」

「嘖嘖。」泰岳搖了搖頭說：「兄弟，我現在不是以真面目示人了嗎？你這話可是太冤枉我了啊。」

「那我問你，你在馬淩山的時候，為什麼遮遮掩掩的？你到底有什麼陰謀？」我皺眉問道。

「你也說了啊，那是馬淩山啊，沒辦法，那邊認識我的人太多了，只好小心一點了。至於我有什麼陰謀嘛，我真的只是想救我的愛人而已，再沒有別的目的。」泰岳微笑地看著我，「怎麼樣，現在你該相信我了吧？」

「算是吧。」我只好無奈地嘆了一口氣，心裏大概想通了一些事情，可能他和馬淩山那裏的人有些糾紛或者仇怨，而在南城沒有人認識他，所以他就不必偽裝了。

「那她現在怎麼樣了？嚴不嚴重？」我突然又想到了一個關鍵問題，連忙問道。

泰岳不禁有些動容，嘆了一口氣說：「如果我不能快點趕回去的話，大概就有些危險了。」

「她，到底是——」我猶豫地追問了一句。

「你不要問了，她要是想告訴你的話，自然會讓你知道的。我不能說太多，有些事情，不是你能夠理解的。這個世界無奇不有，很多東西、甚至生命，都不是唯一的，你明白我的意思嗎？」泰岳鄭重地說，那神情卻是在求我不要繼續追問。

「好吧，那我就不問這個事情了，我明白了。」我果斷地說道。但是，實際上，我一點兒也不明白。

泰岳的身分疑雲重重，但是更神秘的，是他所說的那個愛人。自從我跟隨姥爺學藝以來，見過鬼，見過神，可謂大開眼界，但是，我還是無法弄明白「她」到底是什麼。

「她」留給我的印象，只是一縷清香，一個柔弱身影，以及那荷風輕搖的裙擺。泰岳雖然神秘，而「她」卻不僅是神秘，還帶著一種超脫凡塵俗世的清逸。現在，我的身上還帶著「她」送給我的那些清香草葉，我把它們當成護身符一般。我總感覺，有了這些草葉，我的運氣也變得好了起來。

泰岳的話我並不明白，我知道他給了我提示，但是，我腦海中現有的資訊實在無法破解他的暗示。

「那你現在想怎樣？你已經得到想要的東西，為什麼還不走？」我又問道。

「走？怎麼走？難道你不知道這墓室的出口是封閉的嗎？」泰岳說道。

「現在你可以走了，道長已經把出口打開了。」

「呵呵，方曉，你把事情想得太簡單了。你以為他隨便地做個法術，念幾句咒語，就可以破解這墓室的風水氣運嗎？」泰岳冷笑了一下，「實話告訴你吧，你們即使可以讓生門的位置與出口對應起來，但是，只要這墓室的風水不散，那麼這個地宮就還是一個獨立的空間，我們就休想走出去。」

我不覺心裏一動，連忙向趙天棟望過去，只見他正在微微點頭，很顯然，他也同意泰岳的說法。

「那該怎麼辦？難道你有辦法？」我問道。

趙天棟等人也都滿心期待地向泰岳看過去。很顯然，趙天棟除了能夠把生門的位置與出口重合之外，對於打破墓室的風水氣運也是沒有辦法的。

「現在你願意相信我了？」泰岳有些得意衝著我笑了一下。

我無奈地嘆了一口氣，接著冷笑一下，看著他說：「我相信不相信，都沒有區別，以後我們也沒有共事的機會了，你要是知道什麼，就說出來吧。」

「好吧，不管怎麼說，我說過要照顧你的，而且來的時候，我也答應過她，要好好保護你。實話告訴你吧，整個地宮的風水全部都凝聚在這個雙龍戲珠的棺槨中。想要打破墓室的風水氣場，就要開棺散氣。」泰岳不禁又得得地笑了一下，

「當然了，現在你們沒有辦法打開這個棺槨，因為這玩意兒是生鐵澆鑄的。不過

嘛，其實——」

泰岳故意停了下來，引得我們都伸長了脖子聽他說話。

「其實什麼，你他媽的快點說行不行？想急死人是不是？」二子有些憋不住了，衝泰岳罵了一句。

「嘿嘿，你給我說話小心點，別把我惹毛了，不然的話，我把你打成豬頭，你信不信？」泰岳冷笑一聲，回了二子一句。

「你——」二子也知道現在不是鬧脾氣的時候，暗暗咬咬牙，硬生生咽下了剛要罵出口的髒話，退到我的身後，點菸抽了起來。

「這個棺槨雖然看似是生鐵澆鑄的，實際上卻並沒有完全封死。如果你們從下往上看，很快就會發現問題了。」泰岳轉身向對面走過去，對我們揮手道：「別怪我沒提醒你們，玄鐵槨流星棺可不是說開就能開的。你們都小心點。玄鐵可是質地最硬的隕鐵，一個套棺槨足有好幾噸重，你們能不能打開就看你們的本事了。而那流星棺嘛，是流星鐵澆鑄而成的，到底怎樣開啟，只能靠你們自己研究了。好了，我只能幫你們到這裏了，再見。」

「你要去哪裡？」我皺眉問道。

「出去啊，還能去哪裡？」泰岳回頭看著我，嬉笑道。

「出口不是還沒有打開嗎？你要怎麼出去？」我不覺滿心疑惑。

「嘿嘿，山人自有辦法，這個你就不用擔心了。你還是先想辦法打破風水氣場吧。」泰岳大笑了一聲，轉身下了龍形石峰，身影很快就消失在亂石叢中。

「先不要管他了，我先看看這棺材是不是像他說的那樣。」

我伏身抓住粗大的鐵鏈，爬到棺材底下一看，這個棺材分成槨室和棺材兩個部分。外面那層生鐵蓋子是槨套，足有十釐米厚，正好把裏面的棺材倒扣起來，讓人一眼看去，還以為棺材本來就這麼大。

「情況怎麼樣？」趙天棟擔憂地問道。

「確實是套槨葬，這生鐵蓋子只是槨套。棺材在裏面。」我爬上來，站在粗大的鐵鏈上，有些為難地看著這巨大的生鐵棺槨。

我想到了一個辦法，對大家說道：「二子，道長，你們留下，婁含，三公爺，你們退回去。我們三個人合力把這玩意兒推下去，到了地上再慢慢處理。」

「好主意！」二子一拍手，吐了口唾沫，上來就要去推棺槨。

「等一下。」我叫住二子，讓他取出繩子，把我們三個人都繫到了鐵鏈上。做好了安全吊繩之後，我們蹬著粗大的鐵鏈，開始用力把棺槨向一邊推去。

這麼一推之下，我才發現棺槨是如此沉重。而且，經過千百年的銹蝕之後，棺槨的底部和粗大的鐵鏈已經黏得很緊密了。我們用盡全力，也沒能推動棺槨分毫。

我們鬱悶地停了下來，一邊擦汗一邊看著棺槨直皺眉。

「他娘的，這麼重的東西，單憑人推肯定弄不動啊。」二子抬頭四下看了看，想找一些能夠利用的工具，但是找了半天也沒有結果，只好放棄了。

「你們怎麼不推了？」婁含走上來問道。

「推不動，太重了。」我無奈地說。

婁含若有所思地皺了皺眉頭，突然眼睛一亮，說道：

「推不動，那就拉吧，先把繩子綁在上面，然後我們下去一起拉繩子。我們五個人加起來也有幾百斤，就算一時半會兒拉不動，慢慢搖動，也能把它搖下來。」

「哎呀，對啊，我怎麼沒想到呢？」我興奮地說。

我們用尼龍繩將巨大的生鐵棺捆紮好之後，一起來到龍形石峰下方，用力拉動繩子。巨大的棺槨果然被拉動了。

兩個龍形石峰有二三十米高，棺槨吊在兩峰之間，晃動幅度越來越大。

「把繩子放長一點，往後退，小心點，快要掉下來了！」見棺槨慢慢向鐵鏈的一邊傾斜，我大喊一聲，和大家向後退去。

只聽「嘩啦——」一聲，巨大的棺槨從鐵鏈上滑落下來，「噗通」一下重重地砸在地上，翻了一下就不動了。

我們連忙圍上去看，發現棺槨正好是側躺在地上。我們滿心歡喜，連忙一起將玄鐵槨裏套著的流星棺材拖了出來。

這個棺材果然與眾不同，它的形狀就讓我看不明白。棺材的底部是長方形的，但是整個棺材卻是葫蘆形的，棺材蓋子也是葫蘆形的。

棺體的質地似鐵非鐵，似玉非玉，觸感堅硬溫涼，上面有一道道猶如流星劃過夜空的光影印記。棺材蓋的質地和棺體不太一樣，似乎是一種非常堅硬的玉石，玉石是一整塊的，做成棺材蓋子時經過雕琢和刻蝕，以榫卯的方式死死地卡在棺材上面。

「道家講究煉丹，而葫蘆是貯存丹藥的最佳容器。金月夜郎王將棺材做成這個形狀，含意很深啊。如果我沒有猜錯的話，這棺材裏並非只有屍體。」趙天棟說道。

「別說廢話了，趕緊弄開，散氣走人。他娘的，這鬼地方再待下去，老子要瘋掉了。」二子摸了摸棺材蓋子，對我說道：「這個應該可以砸開，看你的了。」

「我試試。」我從背包裏把鐵錘拿了出來。

「等等！」趙天棟抬手阻止了我的行動。

「怎麼了？」

「大家先聽我說，這棺材中凝結了整個地宮千百年來的龍氣精華，一旦開闢散氣，整個地宮會有極大的震動，到時候，說不定——說不定整個墓室都有可能坍塌。所以，我們在開棺之前，必須要做好萬全的準備，不然的話，說不定會全部葬送在這裏。」趙天棟滿臉凝重地說。

「那怎麼辦？不開就沒出路，開了又會坍方，這他娘的叫人怎麼活？」二子不禁大聲罵起來。

「先不要急，讓我算一下，按照八卦方位，這裏是天池眼位，生門已經被我們攪亂，現在只有從開門出，開門西北向，應該是沿著這個方向過去。」趙天棟走了幾步，一拍手道：「那個方向果然有一處洞穴，想必是通往外面的，只是暫時還處於封閉狀態。我們開棺之後，大約有九分鐘時間逃離這個墓室。九分鐘一過，九九歸一，整個墓室的氣場將會完全混亂，然後會地震坍方。所以，我們開棺之後，要在最短的時間內取走東西，晚上一步就要送命！」

「九分鐘？」我們滿臉不敢置信地看著趙天棟。

我們單單從入口走到這裏，就不知道花了多久時間，而要在九分鐘內穿過這麼遠的距離，有可能嗎？

「大家不要看我，這時間不是由我決定的，而是由整個墓穴的氣運決定的。我們在開棺之前，先把東西全部準備好，再休整一下。開棺之後，拿了東西就走，不要耽誤一秒鐘，你們覺得怎麼樣？」

我們互相對望了一眼，都點頭表示同意。這一路奔勞下來，大家都累了，確實需要休息。就目前的情況來看，這個地下洞穴還算安全。

我們就在金月王的葫蘆棺旁邊坐下，拿出了食物和水，開始吃喝起來。成功在望，雖然大家都知道開棺之後還要經歷一場驚心動魄的奔逃，但是，這趟苦難的行程終於就要宣告結束了，所以，大夥兒的心情還是有些興奮和激動的。

我們席地而坐，已經開始慶祝勝利了。吃飽喝足之後，張三公又為大家換了藥。

「我看不如我們先睡一覺，恢復體力。現在傷的傷，累的累，而且剛吃飽，腸胃正在消化食物，不適合奔跑。」趙天棟又建議道。

我看了一下手錶，顯示是五點鐘，應該是傍晚了，也就是說，我們在墓室裏已經待了一天一夜。這段時間裏，大家都沒有好好休息過，完全是依靠意志力支撐下來的。

我們也不打地鋪了，就是找個平坦一點的地方，枕著背包，倒頭就睡著了。由於太過疲倦了，這一覺，大夥兒都睡得昏天黑地。

那雙紫色的眼眸和那個清靈的身影，再次出現在我的夢中。只是，這一次，那眼眸中帶著焦灼，她向我的身側看了過去。

我有些疑惑，於是下意識地向我的身旁看過去。就在這時，我突然感覺到腰裏一鬆，似乎有什麼東西從我身上抽走了。

我一下就醒了。我還沒有睜開眼睛去看，就已經察覺到我身邊有人，而且那個人的手正在我的腰上摸索著。我心裏一動，意識到情況不對，為了不打草驚蛇，我沒有動，還是裝做睡著了，只是把眼睛微微睜開一條縫。

借著旁邊放著的手電筒的光線，我看到了蹲在我身邊的人，居然是張三公！他竟然正從我腰裏把陰魂尺抽出去，他的動作極為小心，臉上的表情有些緊張。

好啊，這個老狐狸，原來看上我的法寶了，哼哼，幸虧我夠警惕。不然，等我醒來之後，發現陰魂尺不見了，還會以為是丟在墓室裏了呢。

沒想到，這個老傢伙偷完陰魂尺之後，竟然又向我頭下枕著的背包摸過去，顯然是想偷我放在背包裏的陽魂尺。哎呀呀，你這個老混蛋，真是貪心不足啊，偷了一個不夠，還想偷一雙，老子真是小看你了！

就在我心裏正在嘲罵張三公的時候，張三公卻突然臉色一變，身影一閃，居然一點兒聲息都沒有發出，就飛速縮身躲到一塊岩石後面。

我不覺滿心疑惑，連忙裝作睡夢中翻身，把頭轉向他望去的方向。我看到了一個更加讓我驚愕和疑惑的情景。

趙天棟正站在金月夜郎王的葫蘆棺旁邊，不知道動了什麼手腳，然後，夜郎王的棺材蓋子居然就輕輕地滑開了！棺材裏立刻閃爍出璀璨耀眼的光芒。

趙天棟滿臉激動，他探手從棺材裏取出了一株晶瑩明澈的玉枝，小心地裝進懷裏，然後又從裏面捧出一團散發著金色光芒的枕頭大小的東西。趙天棟懷抱著金色枕頭，轉身就向他所說的那個開門的方向跑去。

我不覺心裏一驚，一下子從地上跳起來，對著二子他們大吼道：

「快起來！趙天棟帶著東西跑了！」

「啊?!」

二子和婁含還不明白發生了什麼事情，被我一聲大叫驚得一骨碌爬起來，揉著眼睛四下看看，也發現棺材被打開了，不禁驚呼一聲向前追去。

「不要跑！你這個混蛋老道！」

我心裏憤怒到了極點，把速度提高了，幾個箭步就追到趙天棟身後。

趙天棟臉色大變，知道要是被我抓住，肯定不會有好下場，一把就將懷裏的金色枕頭向我砸了過來，同時大喊道：「你要的千年悶香，給你！」

我一把接住金色的枕頭，還沒有反應過來是怎麼回事，定睛一看，發現這個「枕頭」軟軟肉肉的，確實散發著陣陣沁人心脾的香氣，而這個「枕頭」的外形也是人形的。

我心裏一動，知道這很可能就是我一直在尋找的東西——千年悶香，也就是金月夜郎王的屍體。

至於屍體怎麼會變成這個樣子，我略一思索也明白了。應該是屍體在棺材裏長年累月吸收天地精氣，就漸漸縮小凝聚，變成丹藥一般的東西了。

我連忙回身來到夜郎王的棺材邊上，伸頭向裏面一看，發現除了一些陪葬玉器之外別無他物。

我抬頭向二子他們望去，想招呼他們跟我一起逃走。沒想到，正好看到張三公迅速地將我的背包撿了起來，閃身向外跑去。

「喂！什麼情況！」二子和婁含跑到我的身邊問道。

「我們被暗算了，快跟我一起向外跑，來不及了！」

我還沒跑幾步，就見到張三公背著我的背包，手裏捏著陰魂尺，擋在了逃生的洞穴入口處。這個老混蛋正咧著嘴，滿臉陰笑，似乎在嘲弄我。

「你什麼時候過來的？怎麼跑得比我們還快？」還蒙在鼓裏的二子問道。

「他也是暗算我們的人，小心！」我把千年悶香遞給二子，讓他背到背上，然後冷眼看著張三公問道：「你已經得到了陰魂尺和陽魂尺，還想怎麼樣？」

「嘿嘿，小娃娃，你以為這些就夠了嗎？」張三公瞇眼看著我，陰冷地笑了起來。

「我操，老傢伙，你也是叛徒？這是怎麼回事？」二子驚疑地看著張三公。

「你還想要什麼？」

現在已經沒時間和這個老狐狸理論了，逃命要緊！我心裏已經打定主意，不管他要什麼，都會給他。

老狐狸冷冷一笑，指了指二子說道：「把那個千年悶香給我。」

我不知道該怎麼辦才好了。原本我並不在意能不能完成這次任務，我在意的只有千年悶香，因為那是給姥爺治病的東西。我失去其他東西都可以接受，唯獨這個東西，我不能讓出去，絕對不能！

我沒有想到，到了最後，看起來最弱的人，卻是最陰狠危險的人。看他剛才的身手，很顯然，這個老傢伙並不像他裝出來的那麼虛弱蒼老。他一直深藏不露，他才是真正玩弄計謀的高手！

張三公偷了我的陰魂尺和陽魂尺，等於要了我半條命，現在還變本加厲，連千年悶香都要搶奪。趙天棟雖然可惡，但是，在被我發現之後，也就是逃跑了事，不像張三公這麼陰狠貪婪。

張三公已經看準了我們的弱點，知道我們現在只想逃生，所以，雖然他勢單力薄，卻敢死死地擋住我們逃生的出口。本來我並不懼怕他，但是，這老狐狸現在手裏捏著陰魂尺，二子也很明白陰魂尺的厲害，我們都猶豫起來，不敢上去和他硬拼。

此時，墓室之中開始落下塵土，刮起了一股微微涼風，墓穴的風水氣場已經改變了，馬上就要坍塌了。

情況萬分緊急，我們如果想要保住性命，就只能滿足這個老狐狸的要求。畢竟，只要能夠安全離開這裏，一切都還是有希望的，現在就權當把這個東西交給他保管吧。一到外面，我就要和他戰個不死不休，哪怕追到天涯海角，我也一定讓他付出代價！

崩血之症

「你說吧，崩血之症到底是怎麼回事？
當年，你是怎麼把我姥爺逼出師門的？
所有的事情，你最好給我說清楚，我就給你一個痛快，
不然的話，我就讓你生不如死！」
我說完，抬腳在他的傷腿上跺了一下。

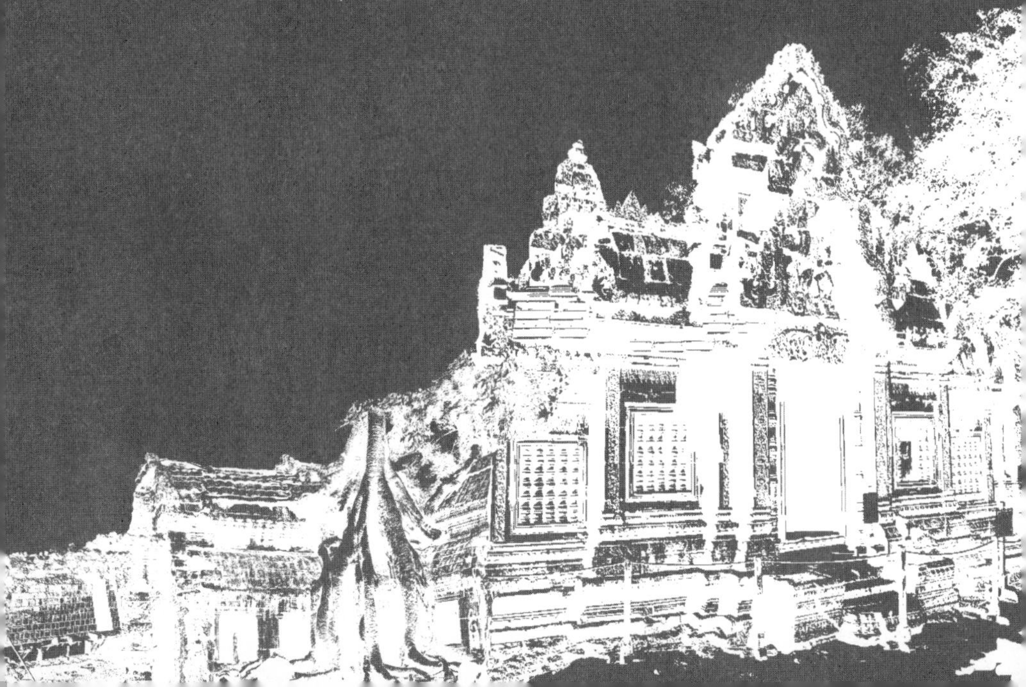

「二子，給他！」我果斷地說道。

二子和妻含滿臉驚愕地看著我，一臉不敢置信的神情。

「給他！」我怒吼了一聲。

二子連忙把千年悶香捧在手裏，向張三公走了過去。

「不要過來，扔過來！你們看清楚這是什麼！你們膽敢玩什麼花樣，我讓你們都不能出去！」張三公抬起手，對我們晃了晃。

我定睛一看，發現這老混蛋的手裏居然握著一顆手榴彈。看來他是早有預謀和準備的，原本二子還想借著給他遞千年悶香的機會把他控制住，現在也愣了，只好把千年悶香向他拋了過去。

「好！」張三公一把接住，衝我們冷冷一笑，然後拔掉了手榴彈的引線，輕輕地放在地上，一步步慢慢地向後退進洞穴中，滿臉戲謔地說：「不要搞出太大的震動，不然可就要爆炸了啊。各位，祝你們好運，拜拜！」

老狐狸奸笑著，向洞穴深處跑去，很快消失了身影。

「都不要動，我來！」我把二子和妻含推到身後，小心翼翼地把手榴彈拿起來，甩手丟到身後，才拉著二子和妻含一頭扎進洞穴中，向前急速奔逃。

「轟隆——」一聲巨響從後面傳來，一片火光刺眼，手榴彈在夜郎王的墓室裏爆炸了。原本已經就隱隱晃動的墓穴，更強烈地震動起來。

我們的頭上不停地掉下碎石。我滿心焦急，緊緊地拉住婁含，咬牙打著手電筒，同時對二子大喊道：「二子，你一定要給老子跟上，我可沒時間救你！」

「你他娘的閉上烏鴉嘴，快跑吧！」

聽到他的聲音，我知道他距離我並不遠，這才放下心來，用盡全力向前衝去。洞穴開始向上傾斜，跑起來更加費勁了，而且婁含身體虛弱，根本爬不動，拖得我的速度也慢了下來。

「快點啊，沒時間了！」二子從後面一把將婁含的兩腿都抬了起來。我一彎腰，乾脆把婁含背到背上。

「喀喀喀——」磨牙一般的尖銳刺耳聲音傳來，四周的石壁裂開了，一股股污水從裏面滲出來，把石壁淋成了一片片黑色。我們不覺都是一陣心驚，額頭的汗珠滾落，心情緊張到極點。

整個山體都劇烈震動起來，岩壁的裂隙越來越大，水流也越來越大，洞穴的地上開始積水了。我們蹚著水，呼哧呼哧地向前跑著。

「喀嚓」一聲震響，一大塊碎石從頂上落下，差點砸中我的腦袋。我連忙向側面閃過去，但是肩膀還是被砸個正著。

「啊——」婁含摟著我脖頸的手臂也被砸中了，她疼得眼淚都流了出來。

我也沒時間安慰她，只能背著她繼續向前衝。二子抄到了我前頭，拿著手電筒給我們照亮，他身上的傷勢也不輕，但是畢竟一個人跑得快，我都有些跟不上他了。

「看到出口沒有？還有多遠？」我咬牙問道。

「看不到，前面拐彎了，咦——」二子突然發出訝異的聲音，接著居然停下了腳步。

「幹什麼？」我沒好氣地衝過去，抬頭一看，心裏頓時湧起了一股暢快的感覺。

我看到張三公正滿臉猙獰地坐在洞穴的拐角，他的一條腿被一塊從洞頂掉下來的大石頭壓住了。這個老混蛋正艱難地喘息著，雙手抱著大腿，想把腿拉出來。

「哈哈，老傢伙，你直接剁掉腿不就行了嗎？」二子暢快地大笑起來，心情爽快到了極點。

「別笑了，帶上千年悶香，拿上陰魂尺和陽魂尺，趕緊走！」我推了二子一把，對他吼道。

二子連忙彎腰把張三公身邊的千年悶香拿起來，又從他身上搜出了陰陽雙尺，把東西都收進背包之後，才轉身繼續向外衝去。

我一直站在角落等著二子，而張三公則一直若有所思地望著我。他似乎有什麼話想和我說，卻沒能說出口。

「你安息吧，天作孽，猶可恕，自作孽，不可活，這就叫報應！」

我鄙夷地對張三公啐了一口，轉身準備離開時，我的身後突然響起一句話，我如同遭到雷擊一般，不得不停住了腳步。

「方大同，我是你的師叔玄陰子！你如果想要治好玄陽子的病，就把我救出去，我可以把當年的事情都告訴你。如果你不救我，這些秘密可就要跟著我一起埋葬在這個墓穴裏了。現在玄陽子已經變成植物人了，你永遠都不會知道自己的身世，不會知道崩血之症到底是怎麼回事了！」

「方曉！你怎麼了？」婁含焦急地從我背上滑下來，拉著我的手臂大聲喊我。

「怎麼啦？」二子也折返回來，一把拉住我就往外拽。

「不，我要去救他出來！」我終於驚醒過來，一把掙開二子的手，把婁含往他身上一推，大吼道：「你們先走！」

「喂，你幹什麼？」二子很焦急地看著我。

「走啊，別管我！快走！」我一邊往回跑，一邊大喊道。

二子咬了咬牙，只好抓住婁含的手，拖著她沒命地向外跑去。

我回到張三公身邊，費力地幫他推開了那塊大石頭，然後二話不說，把他拖到背上，馱著他悶頭就跑。

「老傢伙，我不管你是誰，我要告訴你，如果你再敢騙我，我會讓你死得很慘！打好手電筒照亮！」我一邊跑一邊怒吼道。

張三公無奈地嘆道：「果真是天命啊，沒想到，最後還是落到你的手裏了。我玄陰子叱吒風雲大半輩子，現在卻淪落到這一步……」

「少廢話，給我閉嘴！」我沒心情聽他說話，惡狠狠地打斷他。

這時，洞穴如同一根正在裂開的管子一般，朝四方不停擴大和裂散。地面上甚至出現了幾十釐米寬的裂隙，一個不小心就會陷進去。

趙天棟說過，棺材打開九分鐘之後，整個墓穴都會崩塌。現在，九分鐘早就過了，我只能以血肉之軀對抗堅硬的岩石。如果我不能出去，就會被擠成肉醬！

「呀——」我怒吼一聲，側身踩著洞穴側面的石壁，斜著向前衝了一段距離，卻還是沒法衝出這道裂隙，腳下一滑，大半個身體都陷進了裂隙中！

這個時候，如果裂隙突然合上的話，我們馬上就會被夾成肉餅。情急之下，我把張三公推到一旁，雙手撐著裂隙的邊緣，頂著頭上雨落一般的碎石，從裂隙裏爬了出來，也不再背著張三公，拖起他的一條手臂就急速向外衝去。

終於，前方的洞穴出現了一抹微弱的亮光。

天光！我激動得全身的肌肉都顫抖了。「啊——」我用盡全身力氣，拖著張三公從洞口飛撲出去。

我滾倒在草地上，四仰八叉地躺著，仰望著漫天繁星，拼命地喘氣。我的衣服早就被汗水濕透了，全身散架了一般，沒有一個地方不疼。

「喀嚓，嘩啦啦——」洞穴中仍不停傳來崩塌的聲音，我也感覺到身下的大地都在震動。這個時候，我已經沒有力氣起來了，我只想躺著。

「方曉——」婁含跑到我身邊，一下子跪倒下來，把我抱住了。

「我沒事，你幫我去看看張三公的情況，看看他還有救沒有。」我費力地抬起手，拍拍婁含的肩膀說道。

「嗨，他娘的，差點被這老傢伙算計了。」這時二子也走過來，蹲在我身邊，問道：「這老傢伙和你有什麼關係？你為什麼非要把他救出來？」

「這些事情說來話長，有空我再給你解釋吧。現在我們都拿到東西了，財寶也撿了，我們要想辦法回去。這是哪裡？是不是還在月黑族叢林裏？」我問道。

群山震動，那歷經千百年、宏大又神秘的夜郎墓，最終崩塌毀滅了。我想，最難過的人是婁含，她來這裏之前承諾過，只取財寶，不毀文物。但是現在，就連墓葬所在的山峰也向大地深處隱沒了。

今夜皓月當空，萬里無雲，銀色的光輝灑遍大地。夜郎墓的震動與廣闊的萬仞千山比起來，只不過是投石入水激起的一點兒小漣漪而已。

結束了，一切都結束了！

西北方向有一陣黑風驟然沖天而起，瞬間烏雲如墨，遮蓋了一輪明月，天空變得凝重而沉悶。沒過多久，一片片濕濕涼涼的小晶體從天空飄落，讓人打起了寒戰。

下雪了！西南地域不知道多少年沒有下過雪了。獵獵西風，勁草瓊枝，紛紛揚揚的冰晶鵝毛揮灑而下，不過片刻工夫，大地蒙上了一層白色。

我原本就渾身傷痛，再加上汗水濕透，現在只覺得自己瞬間被凍成了冰塊，從外向內，一直涼到了心裏。

二子凍得牙齒打戰，在雪地上不停地跳躍著。

「喂，你不要光顧著自己啊！趕緊看看方曉的情況，他都快凍死了！」婁含搓手蹲在張三公身邊，對滿地亂跳的二子喊道。

「我正在想辦法啊！帳篷都丟了，裝備也沒有了，我看看有沒有可以躲避風雪的地方。」二子先把我從地上拖起來，幫我撣掉身上的落雪，扶我在一塊岩石旁邊坐下來，把唯一剩下的一塊氈毯蓋到我身上。

「方曉，你怎樣了？」婁含拿手電筒照著我的臉，很擔憂地問我。

我艱難地睜開眼睛，發現她臉凍得發青，戴在臉上的人皮面具因為被岩石刮擦，已經掉了很多塊。

「我沒事，緩一下就行了，你怎樣了？」我瞇眼問道。

「還，還好。」婁含凍得瑟瑟發抖，卻還是很堅強。

我苦笑一下，向張三公望去，問道：「老傢伙死了沒有？」

「沒有，但他的傷勢很嚴重，大腿骨折，腦袋磕破了很多處，已經暈過去了。」婁含有些擔憂地說，「他年紀大了，再加上這鬼天氣，我估計，要救活他有些難度。」

「哎——走一步看一步吧。」我長嘆一口氣。

這時，響起一陣踏雪而來的腳步聲。

「誰？」婁含有些驚恐地站起身，抬起手電筒向來人照過去，卻看到了一個讓我們意想不到的身影！

泰岳肩上扛著一大捆宿營裝備，微笑著站在我們面前。他看著我說道：「我答應她要幫你一把的。喏，這些東西給你們。」

泰岳把肩上扛著的東西一股腦兒放到我身旁，接著卻轉頭就走了。

「喂，你不和我們一起嗎？」我有些不甘心地問道。

「不了，你們太累贅了。」泰岳不屑地答道。

「我去青絲仙，是不是還能找到你？」我又問道。

「我勸你最好別去，我可不想和你攀交情。」泰岳冷哼一聲，身影消失在樹林之中。

「他，他到底是什麼人？怎麼他不怕冷的？」婁含疑惑地問道。

「誰知道？說不定他就是個妖怪。」我笑道，對婁含招招手：「趕緊拆開看看，不然我們真要凍壞了。」

婁含連忙在包裹裏翻找，看到一件大衣就趕緊穿上。

「看看有沒有消炎藥，趕緊給老傢伙餵一點下去。」我也和婁含一起翻找起來，發現泰岳給我們準備的物資很齊全。

我抬眼向他離開的方向望了望，心裏若有所失。

「嘿嘿，他其實對你還是蠻好的。」婁含這時心情輕鬆了，把一條羊毛圍巾往脖子上圍著。

「算是吧。」我無力地點點頭。

「我操，真他娘的見鬼了，這個地方居然一下子變成平地了，老子跑了大半天，好不容易才找到一個小山洞，真他奶奶的見鬼！」二子罵罵咧咧地回來了。

我們轉移到了二子找到的那個不到二十平方米的小山洞中。但是小有小的好處，空氣不容易外洩，我們生了火，把洞門一封，往一處一擠，感到很溫暖。

我們吃了東西，幫張三公處理了傷勢，終於可以好好休息了。

休整了一夜，我的身體狀態已經恢復了。我們向山洞外看去，一片刺目的銀白。

「走不走？」二子拎著從外面獵回來的山雞，一邊拔毛一邊問我。

張三公的傷勢太重了，一直昏迷不醒，讓我們很為難。

「再等等，現在還有一點希望，還是再堅持一下。他心裏的秘密太重要了，我不能不知道，不然，我這一輩子都安心不下。」我皺眉道。

我們給張三公灌了一些雞湯，給他補充一些營養。二子和婁含開始收拾整理他們的戰利品。我們每個人都從墓穴裏帶了一些寶貝。現在看著這些寶貝，大家都忍不住笑了起來。

「他娘的，這可真是人為財死、鳥為食亡。你說這玩意兒有什麼意思？就是個累贅。還好咱們跑出來了，要是因為這些負重沒能逃出來，那真是要死不瞑目了。」二子把玩著一塊貓眼石自嘲道。

我們把所有的東西都收拾好了，這才一邊抽著菸，一邊聊天。

婁含臉上的人皮面具只剩下一半了，她的樣子既怪異又搞笑。二子悠悠地吐了一口煙，斜眼看著婁含說：「喂，帥哥，你臉上那玩意兒能不能撕下來，看著怪噁心的。」

「關你什麼事情？你不看不就行了嗎？」婁含沒好氣地瞪了二子一眼。

二子訕笑了一下，對我說道：「讓咱們見見她的廬山真面目，不是挺好的嗎？」

我也覺得有道理，就對婁含說道：「你不如就撕掉吧。你放心，我們都不會洩露出去的。大家一起出生入死，沒必要遮遮掩掩的。」

「不要！」婁含有些驚恐地縮身躲到一邊，慌亂地說道：「對不起，不是我刻意隱瞞你們，實在是，我臉上有很大的傷疤，我不想讓你們看到。我求你們了，那些財寶我都不要了，全部都給你們，行嗎？你們別為難我，嗚嗚嗚——」婁含說著哭了起來。

「乖乖，這些寶貝都不要了，那你跟我們一路過來，是要幹什麼啊？」二子有些疑惑地問道。

「不是還有那個悶香嗎？那是我們回去要上交的東西。我這次就是為了這個才來的，這是他們指定要的東西。」婁含怯生生地說道。

「嘿——」二子撇著嘴，對婁含說道：「我們可沒答應要把這玩意兒交出去！」

「你，你說什麼?!」婁含驚愕地看著二子。

「呵呵，當然了，如果你願意付出一點代價，比如身體啊什麼的，二爺我倒是可以考慮分給你一部分。我說的是一部分，你明白嗎？」二子滿臉得意地說道。

「你——」婁含憋得臉都青了，突然站起身，雙手叉腰，怒視二子，大聲道：「張二山，你這個混蛋，夠了沒有？你當老娘是小丫頭，任你逗著玩是不是？」二子的臉上多了好幾道抓痕。

被婁含修理之後，二子總算老實了一點。他在氈布上半躺下來，嘆了一口氣道：「他娘的，到了現在，我腦袋裏還是一團漿糊，不知道到底發生了什麼事情，也不知道這些人到底是些什麼人物。怎麼這隊伍裏就沒有一個正常人呢？嚮導跑的跑，死的死，隊員更是一個個非奸即詐，不是戴著假面具，就是心懷鬼胎。我都不知道你們是來幹什麼的，不會是專門來玩老子的吧？」

婁含慚愧地低下頭，半晌才自責地說：

「這個狀況，我也沒有想到。當初要組建這個隊伍的時候，資訊一直封鎖得很嚴，應該沒有多少人知道的。但是沒想到來了那麼多別有用心的人。畢竟，我也只是奉命行事。很多事情，我也不是很瞭解。我猜問題可能出在上頭。可能是他們自己走漏了消息，才惹來這麼多麻煩。」

「嘖嘖，這話說的，你是哪位啊？」二子撇嘴道。

「我是——」婁含張張嘴，又停了下來，拉了拉我的衣角。

我只好對二子說道：「忘了介紹了，這位就是大掌櫃。」

「哎呀，原來是大掌櫃啊，幸會幸會。」二子臉一冷，「你他娘的，還好意思說自己是大掌櫃，怪不得人說，女人當家牆倒屋塌！大掌櫃，我看你就是個大傻蛋！」

「你——」婁含被二子氣得渾身發抖，臉色煞白，卻說不出反駁的話。

二子又喝罵了一通，算是出了一口惡氣，這才蹲下悶頭抽菸。

我也鬱悶地抽著菸，回想這一路確實是驚心動魄，可謂處處有陰謀，步步有陷阱。但是，我已經沒有心情去追究誰的過失了。婁含的任務其實很簡單，她就是那些人派來監視我們行動的人。這個事情結束之後，我們可能一輩子都不會再見面，互相知道得少一點，對大家都有好處。

趙天棟和吳良才，一個想要把我們全部殺掉，一個則想獨吞寶貝。趙天棟最後差點把我們都給坑了，以後要是再讓我碰到他，絕對不會輕饒他！

如果張三公沒有騙我的話，他應該就是我們陰陽師門陰支的掌門人，也是當年把我姥爺逼出師門的那個混蛋。我曾經幹掉了他的兩個手下——狐狸眼和羊頭怪，我和他的仇怨早就結下了。

今天在這裏遇到他，我其實並不感到很意外。在我心中，其實早就做好了與他對決的準備。我一直跟隨姥爺修行，一次次目睹姥爺受的苦，早已把姥爺背負的仇恨都攬到了自己身上。玄陰子現在就在我的手裏，他當年害姥爺的時候，可曾想到會有今天的下場？我皺著眉頭，望著地上躺著的這個乾癟老頭兒。

玄陰子跟著我們的隊伍，主要的目的很可能就是為了搶奪陰陽魂尺，這是陰陽師門的鎮派之寶，他為這個事情密謀了很久。而且，為了不讓姥爺的病症得到治療，他連千年悶香也要拿走。他這是想要置我們爺孫倆於死地！

好個狠毒的老東西！我還從來沒有如此恨過一個人！

過了午後，隨著一聲艱難的嘆息，老狐狸終於張開渾濁的老眼，醒過來了。

「你們兩個出去外面探探路，準備啟程出發。」我對二子和婁含說道。

二子和婁含有些擔憂地看了看我，又對著張三公搖了搖頭，只好起身向外面走去。

我慢慢走到老狐狸面前，盤膝坐了下來，面帶戲謔的笑容，瞇眼看著他問道：「醒了嗎？」

「咳，咳咳——」老狐狸滿臉疑惑地看著我，咳出了一大口血。

看來他的內傷很嚴重。是上天覺得他罪孽太深，不讓他那麼輕易死掉，好讓我有機會好好地折磨他嗎？哈哈哈。

「這，這是哪裡啊？小娃子，你是誰？」老狐狸滿臉茫然地看著我問道。

「老狐狸，別裝蒜了，你會不知道我是誰嗎？」我一把抓住他的衣領，怒視著他吼道。

「啊——哎喲——」老狐狸被我這麼一提，立刻痛得大叫起來，臉孔都扭曲了。

「喂喂，你，你這是做什麼啊？你為什麼要對我這樣？我是老人家啊，你有話慢慢說，好嗎？」老狐狸雙手抓著我的手腕，滿臉痛苦地哀求。

「哼，你少玩花樣，玄陰子，今天，這裏就是你的葬身之地，你要是合作，我還可以讓你死得舒服一點，不然的話，我會讓你做鬼都不安生！」我冷哼一聲，將老狐狸丟到地上。

「哎喲，疼死我啦，哎呀呀——」玄陰子雙手抱著傷腿，痛苦地哀號著。

「你說吧，崩血之症到底是怎麼回事？當年，你是怎麼把我姥爺逼出師門的？還有，你是什麼時候盯上我的？所有的事情，你最好給我說清楚，我就給你一個痛快，不然的話，我就讓你生不如死！」我說完，抬腳在他的傷腿上踩了一下。

「啊——」玄陰子淒慘地號叫著，全身都抽搐起來。

「饒，饒命啊，求求你，我聽你的……」玄陰子滿頭冒汗，老淚橫流，痛苦不堪地求饒道。

「哼哼，知道厲害就好，說吧，我剛才問你的問題，一五一十地交代。」我回身走到火堆邊坐下，等著老狐狸說話。

沒想到，老狐狸卻滿臉疑惑地看著我，怔怔地問道：

「小兄弟，有話好好說。我也不知道怎麼回事，我現在什麼都記不起來了。我還沒弄明白我是誰，本來還想問你來著的。你能告訴我，這是怎麼回事嗎？咱倆是不是有什麼仇啊？咳咳，小兄弟，我真的什麼都記不得了。總之，如果是我對不起你，我給你道歉，我給您磕頭，只求你放我一條生路。」

我一怔，這才想起這老混蛋在山洞裏被我拖著逃跑時，腦袋被石頭撞得很厲害，很可能因此而失憶。我仔細地看著玄陰子，想從他表情中找到一絲他裝腔作勢、假裝失憶的證據，但是，我失敗了。這個老傢伙神情懵懂，無懈可擊。他是真的什麼都不知道了。

我猛地從地上跳起來，渾身哆嗦，手腳都不知道怎麼放，很想找個什麼東西暴打發洩一下，卻只能憤怒地對著石壁踢了兩腳。

就差一點兒啊！事情馬上就要結束了，馬上就要揭開謎底了，卻又全都落空了！我回身望著玄陰子，臉上肌肉有些抽搐。

「小兄弟，有話好好說，你先告訴我一點什麼，讓我回想一下，我現在真的什麼都想不起來了。」玄陰子驚恐地向後縮了縮，眼神中充滿了懇求和懼怕。

「你想讓我告訴你什麼？」我嘆了一口氣，無奈地問道。

「我，我是誰？」老傢伙下意識地問道。

我忍不住笑了起來。「你是老狐狸。」我面帶嘲笑對他說道。

「這——」老狐狸面帶尷尬，有些委屈地看著我，似乎還不太能夠接受我給他的答案。

「你的名字叫張三公。」我又說道。

「張三公，這個是我本來的名字嗎？」老傢伙有些遲疑地問道。

「當然不是，哼。」我瞇眼看著他說，「玄陰子，您老真的不記得自己是誰了嗎？」

「玄陰子？」老傢伙咂嘴道，「這個名字好熟悉，是誰來著？哎呀，我怎麼都記不起來了，哎呀！」他抬手砸自己的腦袋。

「不用想了，這就是你的名字。你現在應該是失憶了，以前的事情，你慢慢回想吧。不過，我要告訴你的是，如果我是你的話，我情願永遠也想不起來，因為……」我瞇眼靠近玄陰子，冷冷地說：「沒有人會願意回憶起只有罪孽的一生！」

我轉身出了山洞，瞇眼看著遍野白茫茫的一片，深吸了一口氣，心情竟然有些莫名的慶幸和放鬆。或許，在內心的深處，我其實並不是那麼想知道事情的真相，我擔心自己可能無法接受那些事實。

「啊——」我發出一陣狂喊，震得瓊枝亂顫，雪粒簌簌下落。

「喂，情況怎樣了？」婁含跑了過來，很關切地問我。

「沒怎麼樣，老傢伙失憶了。」我無奈地苦笑一下，問道：「二子呢？你們找到路沒有？」

「我和他分頭找的，我在東邊看到有一條小路，但是現在雪開始融化了，估計走起來會很泥濘。我覺得，現在出發不是個好主意。」婁含有些為難地說。

「嗯，老傢伙的傷太重，暫時也不能動。我們等等吧，讓他再養養。」我又皺眉道，「最好能先找到人家，雇一兩頭腳力。總之要先想辦法出山，到公路邊上，搭到車去城裏。」

「剛才我爬到一個高坡上看過了，這裏方圓幾十里好像都沒有人家，完全是一片荒原。」婁含無奈地說。

「沒關係，車到山前必有路。」我讓她進去照顧老狐狸，自己則四處走了走。沒過多久，二子也回來了。他一邊走一邊抽菸，老遠就對我招手喊了起來。

「怎麼了？」我走近他問道。

「沒有路，跟來的時候差不多，都是荒林子。我有一個指北針，辨別方向倒是沒問題的。」

「老傢伙失憶了，我沒能問出什麼來，我準備等他想起來了再問他。現在只能先幫他養傷了，他現在不能動，所以，我們還得在這裏待幾天。」我說道。

二子有些興奮地拍拍手道：「他媽的，很久沒在山裏好好打獵了。嘿嘿，這樣也好，你們就瞧好吧，我保管讓你們每天都吃得滿嘴流油。」

接下來幾天，我們就一直在那個山洞裏待著，二子每天出去打獵，都會帶回一些獵物。天氣好的時候，我也和他一起出去打獵。婁含負責做飯、照顧病人、打掃衛生，也忙得不亦樂乎。

大雪之後，氣溫開始回升，雪層在烈日照耀下慢慢融化。西南的很多樹是四季不落葉的，現在地面上鋪了一層厚厚的綠葉毯子，走在上面軟軟的，很舒服。

玄陰子的傷勢穩定下來了，我們精簡了東西，準備啟程出發。我和二子做了個擔架，一路抬著玄陰子走。

我們走了兩天時間，才在一個山窩裏找到一處人家，向他們買了一輛驢車，然後順著山道到了最近的小鎮。之後一切就很順當了，我們終於回到了南城。

回到南城時，已經逼近年關了。我和二子跟婁含分手，就帶著玄陰子直奔醫院。我們安排玄陰子住院治療後，立刻向姥爺的特護病房趕過去。可是，姥爺已經不在那裏了。

二子連忙給林士學打電話，把我們回來的事情告訴他，得到了一通臭罵之後，才被告知姥爺已經轉院了，那個專家把姥爺接到他的研究所去了。

「你們先來我這兒，我帶你們去見他。」林士學對於我們人間蒸發一個多月很生氣。

在林士學的辦公室裏，林士學又把二子一通臭罵，對我則是很關切地問候。這時，我才吃驚地發現，不到兩個月時間，林士學老了很多，兩鬢居然有了白髮。我連忙問道：「發生了什麼事情？」

林士學嘆了一口氣，疲憊地坐在沙發上，說道：

「其實也沒什麼大事，就是你們失蹤的這段時間，我也跟寶琴失去了聯繫。我打去她家裏，她家裏人說她出國旅遊了。但是我托人查了一下，卻發現她壓根兒就沒有出國。我擔心她出了什麼意外，你又不在，我不知道怎麼辦才好。我每次祭拜靈堂的時候，都想問問情況，卻發現紅塵最近對我愛理不理的，我和她之間的感應已經變得很弱了，我不知道寶琴的事情是不是她做的。我什麼頭緒也沒有，再加上一大堆工作要處理，實在是不堪重負。」

我細看他的眉心，發現他的罡氣有增無減，而且紅光照耀，正是福運綿長的氣象，不覺淡淡一笑道：「放心吧，沒事的。這段時間是我不好，讓你擔心了。現在我回來了，這些事情就交給我辦吧。薛寶琴做什麼事情，如果不想讓你知道，你查也沒用的。」

「嗯，你說得沒錯，那這些事情就交給你了。走吧，我帶你們去研究所看老爺子。他一直都沒有醒過來，我感覺情況有些不妙。」林士學拿起了大衣。

我心裏一揪，恨不得一下子就去到姥爺的身邊。

「盧教授是專門研究疑難雜症的。」林士學在路上給我們簡單介紹了那個專家，「他的研究所裏的設備是最先進的。把老爺子轉到那裏去，是盧教授自己提出來的，好讓他對這種病症有所瞭解。」

我無奈地笑了一下，姥爺的病，我比誰都清楚，這世上根本就沒有人能夠治好。不過，現在有希望了。雖然千年悶香被婁含分走了一大半，但是，剩下的這部分應該足夠把姥爺的病治好了。

離下一個月圓之夜沒幾天了，想要給姥爺治病的話，就要加緊才行，我對二子說道：「回去之後，我們就開始行動，不能再拖了。」

「放心吧，我知道的。」二子拍了拍我的肩頭。

第七十三章

身世成謎

「大同，對不起，瞞了你這麼久。
其實，你不是我們親生的孩子，
你是姥爺帶來的孩子，你的身世我們也不知道。
他從來沒有和我說過以前的事情。
但是，在我心裏，一直把你當成親生兒子！」

車子在一條林蔭大道上停下來。林士學帶著我們走向大道盡頭一扇緊緊關閉著、還有保安崗亭的大門。大門旁邊有一塊牌子：特級病症研究中心。

進了大門後，一個穿白袍的年輕醫生迎了上來，自稱是盧教授的學生，帶著我們來到姥爺的病房。

看到一直昏迷不醒的姥爺已經瘦得皮包骨了，我無法抑制心頭的悲痛，立刻在床邊跪了下來，泣不成聲。我要用千年悶香熬藥給姥爺救命，一刻都等不了了。

林士學也很理解我的心情，遞給我一張卡片道：

「這個是門禁卡，你拿著這個才能進來，下次你可以自己來。」

我和二子趕回紫金別墅，立刻按照海方上的說明，用無根水來熬千年悶香。七個時辰文火煎熬，這需要的不是技術，而是耐心。

這期間，我到苒紅塵的靈堂進行祭拜，又用點燈問詢的方法，得知苒紅塵並沒有再為難薛寶琴。也就是說，薛寶琴的銷聲匿跡和苒紅塵沒有關係。我鬆了口氣，知道事情並不嚴重，薛寶琴想必是有什麼重要的事情要去辦，才躲起來的。

第二天，第一服藥熬好了，二子開車和我一起把藥送到研究所。

我跪在姥爺床邊，一勺勺地將藥湯餵下去，然後在椅子上坐下來，憂慮地握著雙手。

二子拍了拍我的肩膀，安慰道：「放心吧，應該會有效果的。方子上說七天一次，七次才為一期，估計至少得過了一期才能有效果的。」

我只得長長地嘆氣。此後每隔七天，我就去給姥爺餵一次藥。但是卻一直都不見有效果，我只能繼續耐心地等待。

過了很多天，我才想起玄陰子還在醫院裏，不知道現在情況怎樣了。我去醫院一看，發現這個老傢伙身體恢復得很好，已經能撐著單拐走路了。

玄陰子還是記不起以前的事情。我相信他是真的失憶了，不然他應該早就開溜了。

見到我來了，玄陰子很開心。雖然我對他很兇，但畢竟是我把他從大山裏抬出來的，我救了他的命，所以，他還是很感激我的。

玄陰子拉我坐下，問我怎麼這麼久才來看他。

我無奈地笑了一下：「剛回來，有很多事情要忙，分不開身。」我看了看窗外，居然有人大白天放鞭炮，聲音很響。

「馬上就要過年了吧？」玄陰子有些感嘆地問道。

「嗯，快過年了。」我側頭看著他問，「你過年有沒有什麼想要的東西？」

「這個，小兄弟，你到現在都還沒有告訴我，你和我到底是什麼關係？我是不是你的長輩？我還有沒有其他親人？你能不能把我的親人找來？我想，如果我見到他們的話，說不定能記起以前的事情。我現在其實偶爾能想起一些片段來，好像我一直是住在一個很黑很冷的地方。那裏有很多黑影子，就像鬼影一樣，很可怕。」玄陰子有些急切地抓住我的手。

我無奈地搖了搖頭，說道：「你問的問題，我一個都不知道。你就安心在這兒住著吧，養好身體就是了。錢不是問題，我會和醫院打招呼，讓他們好好照顧你的。」

我站起身，又看了看滿臉疑惑的玄陰子，說道：

「你的家人我一個都不認識。在那個山洞裏，是我們第一次見面。我只知道，你試圖害死我們，至於你為什麼那樣做，只有你自己知道了。不過，事情都過去了。以後，我就算是你的熟人了。你有什麼事情都可以來找我。你要是想起什麼來，千萬不要亂跑，讓醫院給我打電話，我會馬上趕過來的，明白了嗎？」

玄陰子很安心地點點頭，有些不捨地看著我離開了醫院。

我回到別墅後，立刻從別墅的安保人員中調出了兩個，讓他們到醫院去暗中盯著玄陰子，發現任何情況就立刻通知我。

我們完成任務之後，二子收到了五百萬，他轉了兩百萬給我。但是，這些錢對我來說，卻沒有什麼用處。我們帶回來的那些寶貝，二子全部裝在一個罈子裏，埋到地下了，說是等到實在沒錢用的時候再拿出來應急。

我現在唯一擔心的就是姥爺的病。一開始，我對悶香奇方是非常相信的，但是，姥爺的狀況沒有一點兒好轉，我不由得越來越懷疑了。服了五次藥之後，我隱隱地感覺到，這一次又是徒勞無功了。

這段時間，二子幫林士學去查薛寶琴的下落，卻沒有一點兒頭緒，所以他也不敢回來，只能在那邊待著。

我偶爾會去探望一下玄陰子，看看他有沒有恢復記憶。我知道這事急不來，只能慢慢等待了。

一天夜裏，監視玄陰子的人打電話來，我聽到了一個讓我極為震驚的消息。

「你快點過來看看吧，那個老頭子突然全身出血，樣子很恐怖，醫生都嚇壞了，也不知道還有沒有救。」

「好，我馬上到。」我掛了電話，坐在床上愣了半天，還是不敢相信我聽到的話。玄陰子居然也有崩血之症！

我這時才明白，想來他之所以要搶奪千年悶香，並不完全是為了陷害姥爺，而是想給自己治病。他和姥爺一樣，也中了詛咒，只是他的詛咒輕微一點，所以，他到現在為止，還沒有成為植物人。

我突然想起，當初在冷水河岸，與那些大眼賊對戰的夜裏，這個老傢伙躲在岩石的陰影裏，渾身是血。其實，那時他正在發病，但是他利用混亂的戰局掩蓋了過去。

那一天和今天都是月黑之夜。那麼，他的崩血時間正好和姥爺相反。姥爺是月圓之夜崩血，而玄陰子是月黑之夜崩血。

這讓我既驚奇，又有些莫名的舒暢。這些年，這老狐狸也過得很痛苦啊。我很想笑，卻沒能笑得出來。

當我趕到病房的時候，玄陰子從急救室裏被推了出來。他意識清醒，但是臉上明顯帶著驚恐。見到我，他如獲救星，一下子坐起來，緊緊抓著我的手，急聲問道：「小娃子，我這是怎麼了，這是怎麼回事？」

「喂，你不能亂動。」護士上來，把他按了回去。

「小娃子，你告訴我啊。」玄陰子死死地盯著我，被推進了病房中。

我沒有跟進病房，在外面的走道上抽著菸，思索著下一步的行動。現在看來，想等到玄陰子恢復記憶，再獲取崩血之症的資訊，是來不及了。如果一個療程過去之後，姥爺的症狀還是得不到緩解的話，我就不能再等了，必須找到別的辦法來救姥爺。

這時，我忽然想起了父母。我已經很久都沒有回家了。一開始跟隨姥爺學藝的時候，姥爺就告訴我，千萬不能再回去見他們，否則會把他們害死。所以，這麼多年來，我和他們連信都沒有通過，完全中斷了聯繫。就連林士學和二子都不知道，我其實還有這些家人。

現在，為了找出姥爺崩血之症的根源，我必須回家一趟，去問問父母，當年到底發生了什麼事情。

我回到別墅，簡單收拾了一下，就開車直奔洮河縣城。

到了洮河縣城，我先去銀行，轉了一百萬到一個新的帳戶裏，才往家裏趕去，準備把這些錢給我的父母養老。這麼多年了，我沒能孝敬他們，而且以後可能也沒有機會回來了，我只能用這點錢來表達心意。

我到家的時候，已經是午後了。村子裏傳來熱鬧的鞭炮聲、孩子們的歡笑聲。每戶人家的門上都貼了對聯和彩紙，過年的氣氛很濃。

這麼多年了，村子裏並沒有多大的變化。房屋還是低矮的茅屋，少數幾家蓋了瓦房。樹林裏有幾頭山羊正在啃著乾草。樹葉都掉落了，曬穀場上空蕩蕩的，角落裏堆著麥秸杆和草垛子，幾隻老母雞正在草堆邊上悠閒地曬著太陽。

我開著車，從一進村就備受矚目，村子裏的人都在議論著。村裏的土路很顛簸，我放慢了速度，很多小孩子跟在車子後面，又笑又叫地看著熱鬧。

我把車子停在家門口的曬穀場上，還沒有打開車門，就已經被孩子們圍滿了。幾個小孩子飛跑著去我家裏通報情況。

「大嬸，快來看看啊，你們家來貴客了！」

「什麼？」母親從院子裏走出來，有些疑惑地看著我的車子。直到我打開車門，喊了一聲「媽」，我們對望了數秒，禁不住都熱淚盈眶。

母親老了很多，但是氣色很好，她紅著眼睛，捂著嘴，沒有走上來，而是皺眉問我：「你，你怎麼回來了？」

「我有點事情要問你們。」我擦乾眼淚，有些緊張地點了一根菸。

母親顯然知道我是不能回家的，所以，她還是有點擔心。但是，她也很想念我，所以，她不可能趕我走。

父親和妹妹也走了出來。父親的背佝僂著，老了很多，見到我也是老淚縱橫，拉著母親的手一起哭著，但就是不敢上來迎接我。

妹妹長成了半大姑娘，臉色紅撲撲的，穿了一身新衣服，認出我之後，立刻向我衝了過來，一下子撲到我的懷裏哭起來。

我深吸了一口氣，拍了拍妹妹的肩頭，輕聲安慰著她，接著走到父母面前，先把剛辦好的新卡塞到他們手裏，才對他們說道：

「你們留著用，上面還有我的電話號碼，你們有事情就打給我。我這次回來也是不得已，實在是有些事情要問你們。我只待幾分鐘，不進屋了，你們跟我說清楚情況，我馬上就走。」

「有什麼事情，你儘管問吧。」母親擦了擦淚水，平復了心情問道。

我低聲把姥爺的情況跟他們說了，問他們知不知道當年的事。

我和母親說話的時候，四周圍了越來越多的人，幾乎整個村子的人都來了。過年時節，串門的人本來就多，而且都喜歡看熱鬧。這讓我非常不自在，很想快點躲開。

母親皺眉想了想，把我拉到一邊，跟我說了一番話。她說完話之後，捂著臉，哭著跑回屋裏去了。而我則愣在了當場，半天都沒能回過神來。我都不知道我是怎麼回到車上，又怎麼把車子開出村子的。

在回去的路上，我的腦海中一直縈繞著母親說的話。

「大同，對不起，瞞了你這麼久。其實，你不是我們親生的孩子，而且，媽媽也不是姥爺親生的孩子。媽媽是個孤兒，因為有一次偶然救了你姥爺的命，後來就跟著他學了一點陰陽鬼事，認他當了乾爹。你是你姥爺帶來的孩子，你的身世我們也不知道。我結婚之後，你就住在我們家裏。姥爺的事情，媽媽也不是很清楚，他從來沒有和我說過以前的事情。但是，在我心裏，一直把你當成親生兒子！」

我是一個身世不明的孩子！我後悔了，我覺得我真的不該回這趟家。我想知道的事情沒能弄清楚，我不該知道的事情卻知道了。

現在，姥爺成了植物人，昏迷不醒，我要找誰去問清楚我的身世？我一拳砸在方向盤上，心亂如麻。

這時，我的行動電話響了起來。接通之後，裏面傳來一個低沉的聲音：

「方大同，如果不想你父母和妹妹都死掉的話，就乖乖地按照我說的去做！」

我全身一震，一個急剎車，將車子停到路邊，冷聲問道：

「你是什麼人？想要幹什麼？」

「嘿嘿，我是誰，你不要問，我只問你，玄陰子在哪裡？千年悶香在哪裡？」

那個聲音冷冷地說。

「什麼玄陰子，什麼千年悶香？你說的這些都是什麼東西？我怎麼聽不懂？」

現在看來，對方並不十分清楚我的情況。他們正在尋找玄陰子和千年悶香，也一直在找我。他們之所以能夠找到我，大概是這次回家的陣仗太大了，才被他們盯上。他們既然能夠知道我的電話，想必是將我的父母和妹妹都控制住了。

「嘿嘿，你真的不知道嗎？」對方話鋒一轉，「方大同，我勸你還是說實話吧。如果沒有得到確切的資訊，我們也不會找上你。說，你到底把玄陰子藏到哪裡去了？你不說，我就宰了你的老娘，你信不信?!」

「我信，我當然信。」我不敢大意，放低聲音說道：「要不這樣吧，我帶你們去找玄陰子，你們放了我的父母和妹妹，行不行？我說到做到，決不食言。」

「哼，可以。」對方的聲音放緩下來，「不過，我們要見到了玄陰子，才會放了你的父母和妹妹。你放心，我們不會濫殺無辜，但是，如果你不合作的話，我們也不會手下留情。」

我心頭一陣冒火，你們以為我方大同是好惹的嗎？如果你們膽敢動我父母和妹妹一根指頭，我就讓你們永世不得超生！

「你們在哪裡？我怎麼和你們碰頭？」我沉聲問道。

「告訴我們地址，我們會派人去找。如果找到了，自然會放了你父母和妹妹。我告訴你，我們去找玄陰子的這段時間，你要一直等著，隨叫隨到。你要是敢通風報信，或者耍什麼花樣，我們立刻撕票！」

我皺眉思索了一下，只得如實把玄陰子的地址說了出來，卻沒有把玄陰子失憶的事情說出來。然後，我坐在車裏默默地等著。

我並不完全相信他們會履行諾言放人，但是，我已經沒有別的選擇，只能賭一把了。我猜測，他們可能是玄陰子的弟子，和我沒有什麼仇恨。

他們的行動很快，我說出地點之後，不過半個小時之後，電話那邊已經傳來一陣歡呼聲，接著卻是質疑聲。

「什麼，師父失憶了，完全不認得你們了？這怎麼可能？我操！」一個聲音遠遠地罵道，然後對我怒吼道：「方大同，你這個混蛋，你對我師父做了什麼？他老人家為什麼失憶了？」

我冷哼了一聲：「玄陰子是我從墓穴裏拼了命救出來的，也是我把他從深山裏背出來的。我是他的救命恩人！你最好對我客氣點！現在他因為腦震盪失憶了，但是，他恢復得很好，應該很快就會恢復記憶。你想想，他恢復記憶之後，知道你這麼對我，他會怎麼做？」

對方果然遲疑了，接著有些疑惑地問道：「你少唬我，你怎麼可能救我師父呢？我師父這次去，就是為了對付你，你怎麼可能會救他？」

我冷笑道：「不信的話，你可以問玄陰子。現在他失憶了，只會說實話，你問他，是誰救了他的。還有，我告訴你，不管玄陰子和我之間有什麼仇怨，他都是我的師叔，所以，念在同門的情分上，我也不會對他趕盡殺絕。你今天的所作所為，如果你師父知道了，不會高興的。所以，我勸你們，還是趕緊放了我的父母和妹妹，從我家裏滾出來！如果你們動作夠快的話，我就不追究，否則的話，我會怎樣做，你們應該知道！」

這個時候，為了保證家人的安全，我只好連哄帶騙外加恐嚇了。

果然，那邊又打電話，確認了我所說的話，知道確實是我把玄陰子從西南蠻荒叢裏面救出來的。一時間，不覺又是一片混亂，電話裏聽到有好些人開始爭吵起來。

良久之後，才有一個人拿起電話，對我說道：「你還是在騙我們。你既然救了師父，那我們剛才問你師父在哪裡的時候，你為什麼說你不知道？」

「我操你媽！我知道你們是誰？我怎麼知道你們要對師叔做什麼？為了確保師叔的安全，我會隨便說出來嗎？你這個笨蛋，趕緊滾一邊去，讓有腦子的人和我說話！」我一聲厲喝，直接把那個人罵退了。

姥爺說得沒錯，幹我們這一行的，果然不能和親人接觸，否則就會給他們帶來噩運。這一次，我連家門都沒有進，卻還是給他們造成了麻煩。也幸好我沒有進家門，我身上的陰煞之氣對他們的氣運影響不是很強烈，不然的話，我真不敢設想後果。

玄陰子那幫弟子最後總算放了我的父母和妹妹。我沒有回去，只是和父親通了一個電話，知道他們安全無事，也就放心了。我坐在車子上，悶頭抽了好幾根菸，仍然感到心情很低落，很茫然。

就在我快回到紫金別墅的時候，電話又響了起來，接起來一聽，又是玄陰子那幫笨蛋弟子打過來的。

「你好，請問你是方曉師弟嗎？」對方有些猶豫地問道。

「幹什麼？你是誰？什麼事情？老頭子你們不是已經接走了嗎？還找我做什麼？」我沒好氣地說。

「那個，是這樣的，師父他老人家不願意走，他要見你，我們也沒有辦法。那個，方師弟，你看，能不能麻煩你過來一下，勸勸師父他老人家？算是我們求你了，可以嗎？」

我心裏禁不住一樂，正好現在有時間，倒不如和他們玩一玩。

「方師弟，我們好幾個師兄弟都被他老人家打了。前面的事情是我們不對，我們已經給伯父伯母磕頭賠罪了。您就看在同門的分上，幫幫我們吧。」對方的態度很誠懇。

我冷哼了一聲：「你們等著，我馬上就到。」

我又往醫院開去，到達的時候，天已經有些黑了。

我下車之後，四五個穿著黑色西裝的人向我跑過來，老遠就堆起滿臉歉意的笑容，問道：「請問是方曉先生嗎？」

「我是方曉，你們是什麼人？」我皺眉問道。

「我們都是跟著金環和銀環兩位老大的。您叫我朱三就行。」領頭一個長得五大三粗的傢伙，點頭哈腰地介紹完畢，一讓身一擺手道：「方先生，這邊請，兩位老大等你多時了。」

我點了點頭，走向玄陰子的病房。

病房外面的走道上，站著兩排西裝筆挺的小嘍囉。當我走進病房時，見到的情景讓我忍俊不禁。

小小的病房裏擠了不下十個人。這些人有的穿著西裝靠牆站著，其餘四五個穿著不同式樣衣服的男女，都滿臉苦澀地跪在玄陰子的病床前，低著頭，一言不發。

玄陰子坐在床上，正點著手指，對那幾個人罵道：「你們幾個混蛋，居然敢對為師無禮。哼，真是膽大包天！」

見到我進來，玄陰子眼睛一亮，向我招手道：「哎呀，小娃子，你總算來啦。快快，過來坐我這邊，你看看認識他們不？」

「方師弟，你總算來了，請你幫我們勸勸師父。」跪在地上的幾個人中，一個四十歲左右的男子有些為難地對我低聲哀求道。

「閉嘴！」他的話被玄陰子打斷了，玄陰子伸手把我拉了過去，低聲問我：「小娃子，他們到底是什麼人？」

我覺得有些好笑，就問他：「他們不是你的徒弟嗎？你不是已經認了他們嗎？要不然怎麼讓他們跪在這裏呢？您老是不是恢復記憶了？」

「恢復個啥啊，我是見他們進來就叫我師父，還跪下來，就把他們給唬住了。他們到底是誰，我根本就想不起來。小娃子，你跟我說說，你認不認識？」玄陰子拉著我，期待地問道。

「不認識。」我如實回答。

聽到我的話，玄陰子倒沒事，跪在地上的那幾個人可就鬱悶了。他們一起抬頭看著我，差點就要流出眼淚來了。這時，我才看到，他們每個人的臉上都有手印，想必是被玄陰子狠狠修理過了。

見到他們這副樣子，我微微皺眉道：「我雖然不認識他們，但是他們確實是你的徒弟。您老是一派掌門，宗師級的人物。他們都是你的弟子，對你唯命是從。要不您老就和他們回去吧，這樣說不定能早點恢復記憶。」

「對啊，師父，您就和我們回去吧，自從您走了之後，血眼和鬼手都想奪取掌門之位，已經鬥得一團糟了。您老再不回去主持大局的話，我們陰陽師門可就要毀了。」中年男子沮喪地說道。

「哼，我幹嘛要回去摻和你們的破事？我在這裏過得很舒服，我不回去。你們都滾出去，我不想見你們！」玄陰子很執拗，這老傢伙居然打定主意，準備賴著我了。

我嘆了一口氣，對地上跪著的人說：「要不你們就近找個地方先住下來等著吧。現在師叔這個狀態，就算跟你們回去了，恐怕也沒有什麼用，說不定還會被人暗算。等他老人家記憶恢復了再說吧。」

「那，那我們師門的事情怎麼辦啊？現在派內已經鬥得折損了不少人了，這個事情拖不起啊，一旦讓他們得手了，我們的麻煩可就大了。」中年男子滿臉為難。

我心中一陣疑惑，暗想，何不趁這個機會好好瞭解一下師門的事情。我問道：「現在師門總部在哪裡？還有多少人？有多少分部？那兩個奪位的人，實力怎麼樣？」

中年男子連忙說道：「我們門派分成天地人三部，血眼和鬼手分屬天地二部，我和銀環是人部的，我們人部由師父直接領導。血眼和鬼手，一明一暗，單獨行動比較多，他們一直覬覦掌門之位。師父失蹤之後，他們就內鬥起來，我們無法阻止他們，只好出來避難了。」

這個中年男子，想必就是金環了。我先讓金環和銀環起來，把其他人打發走，才細細地詢問他們門派內部的具體情況。

陰陽師門的陰支，總壇設在北城九宮山下的映月莊園裏，莊園有一池湖水，映月如真，因而得名。莊園占地很廣，依山抱水，市區公路直通莊園大門，交通便利。玄陰子十五年前帶領一幫弟子去了京城，憑藉其高超的修為，結識了很多權貴，混得風生水起，經營了許多生意，收入極為可觀。

後來玄陰子廣收門徒，這些弟子被他分成天地人三部。天部在明，負責打理師門旗下所有產業，地部在暗，負責安插眼線、竊聽資訊，處理一些棘手問題，人部則負責處理總壇及門派內的一些事務。

現在天部的首領血眼，為人精明幹練，財力雄厚，手下能員幹將眾多，算是派內實力最強的，地部的首領鬼手是一個陰險詭異的人。現在，這兩個人都在極力拉攏人部，想要坐上掌門之位。

人部只關心玄陰子的安危，並不想摻和門派內的鬥爭。但是，他們不敢得罪天部和地部，一面虛與委蛇，一邊四下尋找玄陰子的下落。

「血眼和鬼手的手段怎樣？」我皺眉問道。

「血眼的身分是公開的，平時和大家接觸比較多，他是師父的關門弟子，對師父的忠心是絕對沒問題的。鬼手平時很少露面，對他瞭解很少，只知道他非常陰狠，他和師父的關係怎麼樣也不太清楚。這一次，如果他不退出爭鬥，或者直接反水對付我們的話，我們也招架不住。」

金環向正滿臉興趣地聽我們說話的玄陰子看了看，無奈地嘆氣道：「現在我們找到師父了，相信要不了多久，鬼手就會得到這個消息。要是他們發現師父成了這個樣子，說不定會趁機對他老人家不利。」

金環在房間裏來回踱步，很是愁煩。

「喂。」玄陰子忽然出聲叫住金環。

「師父，您老人家有什麼吩咐？」金環有些驚喜地看向玄陰子。

「我看你們挺煩惱的，好像還是因為我的事情。要不這樣吧，我現在什麼也不記得了，沒辦法幫你們，我給你們推薦一個人，幫你們去擺平這些事情，你看怎麼樣？」玄陰子瞇著眼睛笑道。

「誰？」金環疑惑地問道。

「他。」玄陰子面帶微笑地抬手朝我一指。

「啊？」我們都是一驚。

「喂，老頭子，我和你們根本沒什麼關係，你讓我去送死啊？」我立刻否定了玄陰子的提議。

沒想到，我轉頭看向金環等人時，這幫傢伙居然都兩眼放光地看著我，接著一下子跪倒在我面前，齊聲道：「陰陽師門人部弟子恭請方師弟駕臨師門總壇，平息內鬥，重振我派聲威！」

我操，玩大了吧？我看著眼前的情景，覺得暈乎乎的。

玄陰子隨口一個提議，最後有了一個讓我哭笑不得的結果，我成了陰陽師門的代理掌門人，金環等人對我的稱呼也馬上變成了「代掌門」。

照這個情況來看，玄陰子在門派內的威望是毋庸置疑的，他的弟子都對他非常敬畏，而且唯命是從，所以，現在他們也很重視我，那麼，我的工作也就好開展了。

原本我並不想摻和這件事情，但是，玄陰子卻用一句話就把我說服了。

「這些天，我零零星星想起了一些事情，都是和你相關的。如果你答應幫我去處理這個事情，你回來之後，我就告訴你一個天大的秘密，是關於你的身世的。」玄陰子讓金環等人出去之後，對我說道。

「你記起來什麼了？」我驚聲問道，皺眉盯著這個老傢伙：「你是不是已經恢復了記憶，又想算計我，所以故意給我下了這個套子？你想玩死我，是不是？」

「嘿嘿，差不多吧，反正這次的事情挺危險的，你要是處理不好的話，還真有可能被玩死。噢，對了，我也不能在這醫院裏面住了，這裏人太多了，不清靜，也不夠安全，你能不能給我挪個地方？」玄陰子提出了要求。

我有些火大，不客氣地說：「這兒已經算是好的了，你就知足吧。我也沒讓你留下來，你也可以跟那些人回去，他們肯定給你最好的地方住。」

玄陰子冷冷一笑，睇眼看著我說道：「你想不想知道崩血之症是怎麼回事？」

「什麼？」我不覺又是一驚，警惕地審視著玄陰子，冷冷地說：「你肯定已經恢復了記憶，你在算計我，對不對？」

玄陰子沒有承認，也沒有否認，只是淡淡地笑了笑，用小指掏了掏耳洞，意味深長地說：

「怎麼說呢？其實我也只是想起了一些事情而已。不過嘛，如果你想要知道這些事情的話，就得對我好一點，讓我住舒服了，吃舒服了，好好聽我的話，我說不定就會再想起一些什麼來，然後就能幫你解開一些疑惑。我們來做個交易，怎麼樣？你幫我處理門派的事情，我幫你回想事情。」

「哼，老狐狸，既然你已經恢復了記憶，那我們就沒有什麼好說的了！」我面色一冷，一把抽出陰魂尺，上前就要抓玄陰子的脖頸。這老傢伙竟然一閃身躲過了，接著一反手，扣住了我的手腕，用力一捏，「咯吱」一聲，我的手腕脫臼了。

我悶哼一聲，身體一歪，手裏的陰魂尺就向他身上點了過去。

「哎喲，乖乖，這個厲害，不能被你點到。我閃！」玄陰子半真半假地再次躲閃，然後右手一個手刀切下來，我的右手腕也被打脫臼了。

「呵呵。」玄陰子抬手將陰魂尺捏在手裏，在我面前晃著，斜眼看著面色難堪、咬牙切齒的我。他饒有興致地咂咂嘴，點點頭，看著陰魂尺說：「不錯，這東西氣場很強大，可惜你小子太嫩，沒能發揮出它的厲害。不然的話，我早就被你點死了。你這小子，還挺狠的，居然真的想殺掉我。我到底怎麼得罪你了，你這麼恨我？」

「哼，你得罪我的地方可多了去了，你不是已經恢復記憶了嗎？呸！」我怒視著玄陰子，對他啐了一口唾沫。

「嘖嘖。」玄陰子有些疑惑地皺起眉頭，為難地看著我說：「小娃子，我和你說實話吧，我現在的記憶恢復得不完全。早些年在師門發生的事情，我想起一部分來了，但是最近一段時間發生的事情反而不記得。所以呢，我和你之間的仇恨，我還真的不是很清楚。不過，小娃子，經過這段時間的相處，我是真心把你當孫子看。我想，咱們之間就算有什麼仇恨，想必也是誤會。冤家宜解不宜結，不如我們和解了，你看行不行？」

「和解？」我冷笑一聲，「可以，只要你把姥爺的命還回來就可以！」

「什麼？你姥爺的命？我殺了你姥爺？真有這回事？」玄陰子驚愕地看著我。

「哼，既然你記不起來了，我就幫你回憶回憶！」見玄陰子在裝瘋賣傻，我一咬牙，冷眼看著他說：「玄陰子，你聽好了！我的姥爺叫玄陽子，是你的師兄。當年，是你暗算他，逼他交出掌門之位，而且，你還讓他得了崩血之症，害得他現在變成了植物人。你說，我是不是該找你報仇?!」

我一口氣把心裏的推測全都說了出來。

玄陰子沉默了，他低頭想了半天，這才抬眼看著我，長嘆一口氣道：「我也有崩血之症，這個情況又怎麼解釋？」

「作孽太多，必遭天譴，你這是自作孽不可活！」我冷聲道。

玄陰子被我說得臉上變了色，良久才冷著臉，強壓下怒火，說道：

「小娃子，在我現在的記憶裏，我和師兄關係很好，我們一起修行，一起執行任務，師兄很照顧我，我也很感激他，我不可能陷害師兄的。師兄的落難，肯定有其他原因，我勸你還是先調查清楚了再來找我算賬。」

「哼，誰知道你為了爭奪掌門之位，幹出了什麼喪心病狂的事情來？如果不是你陷害姥爺，那又有誰陷害得了他？」我輕蔑地看著玄陰子。

「這個，我真的不知道，我想不起來。我現在只記得，我當上掌門的那一天，師兄還來祝賀我，然後他就走了。我記不起當時到底發生了什麼事情，但是，我知道當時我的心情很沉重，我並不希望師兄離開。」玄陰子忽然問道，「師兄他現在在哪裡？你能帶我去見他嗎？我很想見他一面，可以嗎？」

我皺眉思索了一下，試探性地冷笑道：「你不要假仁假義了。現在我被你制住了，陰魂尺你也拿到了。陽魂尺在我身上，你想要的話，直接拿走吧。你就不要想著去見姥爺了，他不想見你。你對我要殺要剮，悉聽尊便！」

「放心吧，我不會殺你。」玄陰子把陰魂尺放到旁邊，對我伸出手道：「我幫你把手腕復位。不過，先說好了，你可要好好說話，別再鬧了，知道嗎？」

我猶豫了一下，把雙手伸了過去。他拉住我的兩手，用力一推，就把我的手腕接回去了。我揉了揉隱隱作痛的手腕，皺眉看著這個老狐狸，心裏一陣納悶。

「這個還給你。」玄陰子居然把陰魂尺遞還給我。

我完全迷惑了，不知道這老狐狸在搞什麼鬼。難道說，我真的誤會了他，他是個好人？但是，怎麼可能呢？在夜郎王墓裏，他不但偷了陰陽雙尺，還想把我們全部都害死。

那麼，現在他之所以沒有對我痛下殺手，應該是因為他的記憶還沒有全部恢復，他還不是原來那個他。等到他的記憶完全恢復了，他的本性一定會完全暴露的。到了那個時候，我可就危險了。

我對他根本不瞭解，不知道他的道行有多深，能力有多強。更何況，他還有眾多弟子，如果他想要對付我的話，哪怕我有陰陽雙尺在手，也根本不可能是他的對手。想到這些，我越發覺得他是個危險人物，決定要找個機會把他除掉。

第七十四章

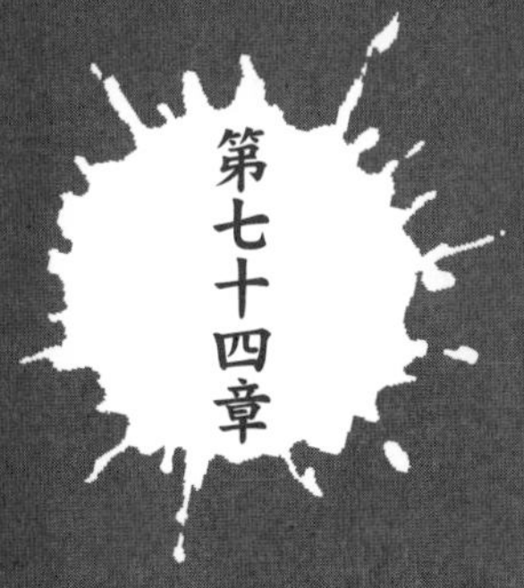

人體蒸發

現在，我明白盧教授要給我看的是什麼了。
這是一個病症的演變過程，
這些患上那個什麼「宇宙人體蒸發綜合症」的人，
會一點點地萎縮，最後只剩下一張人皮。
我開始思考盧教授所說的「人體蒸發」的涵義。

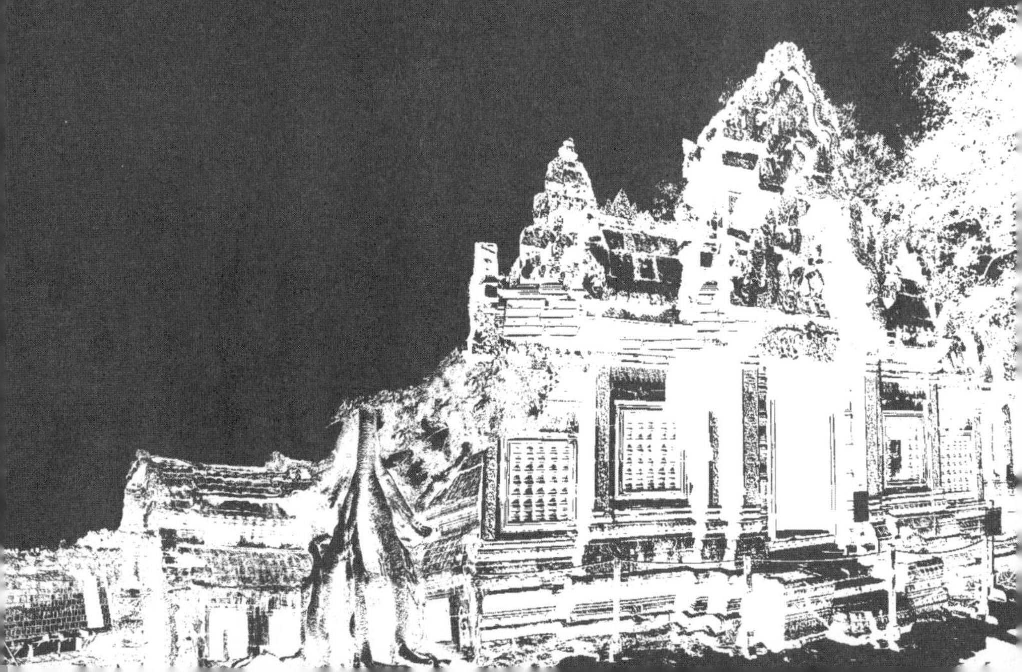

「你想怎樣？」我皺眉問道。

玄陰子瞇眼看著我：「我把我能夠想起來關於你的事情，全部都告訴你。你要幫我找到治癒崩血之症的辦法。」

果然！我不禁一陣冷笑。這老狐狸果然是另有所圖，他想要的東西，不再是陰陽雙尺，而是保住自己的性命。哼哼，原來如此！

我滿臉輕蔑地看著玄陰子，反而放鬆了心情，大馬金刀地在椅子上坐下，收起了陰魂尺，蹺起二郎腿，點了一根菸慢慢抽著，斜眼冷笑道：

「我要告訴你一個很不幸的消息。」

「什麼事情？」玄陰子皺眉問道。

「千年悶香對崩血之症沒有作用。」我吐了一口煙，幸災樂禍地看著他。

「什麼意思？」玄陰子再次疑問道。

「當時你在夜郎王墓想要搶奪的那個東西，千年悶香，原本我以為可以治癒崩血之症，但是，現在發現根本沒有作用。姥爺已經用過一期藥了，沒有任何效果。所以，你就不要奢望我能夠幫你解除崩血之症了，我沒有別的辦法了。」我陰陰地笑起來。

玄陰子淡淡地說：

「不，你理解錯誤了。我讓你幫找到崩血之症的治癒方法，並不是指千年悶香。」

「那你是指什麼？」我瞇眼問道。

「我的意思是，你可以找到治癒崩血之症的方法，也只有你能夠找到。」玄陰子很果斷地說。

「哈，真好笑，為什麼只有我能找到？」我被他的話弄糊塗了。

「因為，只有你，不是人。」玄陰子冷冷地說。

「什，什麼?!」我不敢置信地看著他，「你說什麼？你這是在罵我？」

「不，我不是在罵你。我的說法也不太對，你應該是人，但是，你不是和我們一樣的人。你知道你的來歷嗎？」玄陰子問道。

「我什麼也不記得。」我撇撇嘴說道。

「你聽我講，我想起來一些關於你的事情。我看到一個嬰兒，在一個黑暗空曠的洞穴裏，那裏有很多壞人。我和師兄一起對付壞人，是師兄救了你。我和師兄一起越過警戒線，所以我們才得了崩血之症，還有很多人也得了這個病。只要越過警戒線的人，都不能逃脫這個宿命。只有你，你一直沒有出現崩血的症狀。所以，你和我們不一樣。」

玄陰子有些急切地抓住我的手，直視著我說道：

「或許，那個女人說的話是真的。你不是她的孩子，你是從陰墟裏飛出來的，你的來歷沒有人知道，你是個怪物。」

「我操！」我怔怔地看著玄陰子，忍不住罵了一句，一把甩開他的手，說道：「不要說這些莫名其妙的廢話！我告訴你，你唬不住我的。你直接說吧，到底要怎樣才能找到治療崩血之症的方法。我希望不需要用太長時間，如果我找到了治療的方法，又來不及救姥爺了，我也不會救你的。你明白嗎？」

「我，我不知道。」玄陰子有些失神地說，「我不知道該怎麼找，我只是覺得，你可以找到。你和我們不一樣，你的身上應該隱藏著什麼秘密。你想要救你姥爺，就只能靠你自己去找，去破解這個秘密。我幫不了你。」

「我操！說了那麼多，還不都是廢話，一點用都沒有！」我很不耐煩了，起身準備離開病房。

「大同，你要相信自己，你一定能夠找到的。你真的是與眾不同的，你不是這個世界的人！」玄陰子神情激動地對我大喊了起來。

「瘋子！」我滿心不屑地瞪了他一眼，拉開門走了出去。

我還是答應了玄陰子的請求，幫他平息門派內鬥。金環他們給我三天的時間做準備。

從醫院出來後，我回到紫金別墅，把最後一服千年悶香的藥湯給姥爺送過去。餵姥爺喝完湯藥，已經是午夜了。

我看著病床上的姥爺，心情很煩躁，腦子裏很亂，決定今晚不回去了，留下來，陪陪姥爺。

我坐在姥爺床邊，把這些日子以來發生的所有事情，一一說給姥爺聽。我不知道姥爺能不能聽到，但是，我說出來後，心情總能舒暢一些。

「姥爺，我的身世到底是怎麼回事，你能告訴我嗎？」

我滿臉苦澀地長嘆一口氣，走出病房，打算溜達一下。這個研究所的住院部大樓有五層，越是離奇的病症，住的樓層越低。姥爺就是住在一樓的。

我站在走道裏，嗅到了各種奇怪的藥味。走道盡頭是護士站，有一男一女兩個年輕護士在值班，正在低聲閒聊著。

我走到院子裏，這裏有假山、有芭蕉、有一池睡蓮，環境挺不錯的，前面是一排三層高的辦公大樓兼學生宿舍。左邊有一棟黑魆魆的、碉堡一般的大樓，據說是實驗室，右邊是通往研究所大門的路。

夜深了，住院部大樓裏只有走廊燈亮著，對面的辦公大樓裏，只有頂層靠左邊的一個房間裏還亮著燈，有一個人影在裏面走動。

我站在池水邊上，默默抽完一根菸，正準備離開，辦公大樓那邊傳來一陣腳步聲，一個穿著白袍的人影快步地向我走來。

「誰在那裏？」一個聲音問道。

「我是來陪護病人的。」我答道。

那個人影走到我的面前，站在路燈下。我抬頭一看，是一個五十來歲、身材高瘦、戴著眼鏡的人，他的手裏拿著一個檔案夾。

「你來陪護哪個病人？以前我沒有見過你。」

這個人神情警惕地看著我，然後用無線電話呼叫道：「保安，立刻到住院大樓待命。」

「說，你是誰？門禁卡給我看一下。」中年人冷眼看著我說道。

我側頭看了看大門的崗亭，果然有幾個保安正向這邊跑來。

我掏出門禁卡，遞了過去，說道：

「我是陪護一〇三三病房的。是患者的孫子。」

這個人拿著門禁卡，跟手裏的本子比對了一番，這才把卡還給我，揮手讓保安回去，然後徑直從我身邊走向住院大樓。

「你們和林副廳長是什麼關係？」這個人走出了四五步，又問道。

我一怔，連忙跟上去，和他一起向前走去，說道：

「我們和林副廳長是朋友。」

這個人一愣，停下腳步，上下打量著我，笑了一下說：

「林副廳長還真是個熱心人，他很關心你爺爺。」

「我知道。」我連忙回答，有些疑惑地問道：「不好意思，請問您是——」

「叫我老盧就行了，這家研究所就是我負責的。」這個人隨口說道。

「噢，是盧教授，您好。」我禮貌地對他笑了笑。

「正好我要看一下你爺爺的情況，你跟我一起來吧。」

「老人家是從什麼時候開始發病的？」進了病房，盧教授在椅子上坐下，打開本子問我。

我把情況詳細地告訴了他。

「你的意思是說，病情已經持續了將近十年了？」盧教授一怔，皺眉問道：

「你確定嗎？」

「很確定，這些年，我和姥爺一直住在一起，他每次發病我都守在旁邊。」我答道。

「不可能，十年時間，到現在還沒有消失，這根本不可能。」盧教授喃喃自語起來，又站到病床邊看著姥爺，眼神放光地說：「說不定，這是一個新的突破。雖然不能治癒，但是至少可以延緩消失的速度。」

盧教授快步走出病房，對著對講機說道：

「你們立刻來一〇三三病房，把患者轉移到分子研究室，讓小趙他們立刻集合！」

「盧教授，你要做什麼？」我有些擔心地問道。

「說不定老人家的病還有救，我要對他進行全面檢查和重點研究。我懷疑他有對抗黑洞引力場的特殊基因，這很可能會是延緩和治癒宇宙場人體蒸發綜合症的重大突破！」盧教授拍著我的肩膀，神情很興奮。

「這是什麼意思？」我壓根兒就沒聽懂他的話。

「嗯，總之，正常人如果得了這種病，最多三五年就會消失，但是，你姥爺居然撐了十年，這是一個奇蹟，所以，我要好好研究一下。」盧教授說道。

「你的意思是，還有其他人得了這個病？」我驚愕地看著盧教授。

「對啊，怎麼，你不知道？」盧教授看著我，忽然笑道：「這個病很罕見，而且是集體爆發，消息封鎖了，所以，很少有人知道。」

「不可能，其他人不可能也是這種病。」我皺眉道。

「為什麼不可能？」

「因為，這不是病，而是詛咒，是治不好的。」我無奈地說。

「哈哈，哎，這是不講科學啊，我當是什麼呢。」盧教授不在意地笑了起來。

我有些心虛地問道：「難道，這真的不是詛咒？」

「當然不是，這世上哪裡存在什麼詛咒。」盧教授一邊指揮他的兩個學生給姥爺轉移病房，一邊對我說道：「你要好好學習，講科學才行啊。」

我被說得一陣臉紅。可是我見過、接觸過，我很清楚地知道，有些東西並不是現在的科學能完全解釋得了的。所以，我也不是完全信服盧教授的話。

「那您研究出來什麼沒有？這病到底是怎麼回事？」我問道。

盧教授有些得意地呵呵笑道：「走，我先帶你看一些東西，再給你仔細講講。你叫什麼名字來著？」

「我叫方曉。」

「你今年多大了？讀幾年級了？在哪兒上學？」盧教授繼續問道。

「我今年十六歲了，馬上就要讀高中了。」我回道。

「你好好學習，考大學時可以考我們大學，以後來做我的學生，怎麼樣？」盧教授笑問道。

被一位著名的醫學專家這樣鼓勵，我卻沒有感到興奮，因為，我要走的路和普通人是很不同的。不過，我也得表示一下客氣：「謝謝您，我一定努力。」

「嗯，我先帶你去看那些和你姥爺得了同樣病的人。」盧教授帶我走進辦公大樓，上了三樓，來到最右邊的一間辦公室。

「這是我的辦公室，也是研究室和樣本庫的入口，沒有我的允許，誰都進不去，你是第一個沒有入學就可以進入這個地方的人。」

辦公室分成裏外兩間，外間靠牆擺了很多醫學設備，還有一副人體骨骼。

「叫它老白就行了。」見我盯著骨骼看，盧教授嘿嘿一樂，說道。

「它還有名字？」我很有興趣地問。

「它生前就是叫這個名字。」盧教授眯眼說道。

我不禁一愣。盧教授大笑一聲，拉著我進了裏間，這是一個換衣間，靠牆立著大衣櫃，裏面放著很多套防塵衣和塑膠便鞋。

「換上衣服才能進去，裏面是無菌室。」盧教授遞給我一套防塵衣和一雙鞋子。

我們都換好衣服和鞋子後，盧教授走到後牆壁前，在一個小鍵盤上敲了幾個鍵，打開了一道升降梯的大門，他帶我走進升降梯，關上了門，吹風出塵之後，一路向下降到地下二層。

「整個研究所的地下都是樣本庫。」盧教授說道。

樣本庫裏很冷，一股福馬林的氣味撲面而來，頂上亮著藍白色的燈，四面是素白色樹脂牆壁，屋子裏陳列著十幾排用玻璃罩子蓋住的不銹鋼箱子。

我瞥眼一看離我最近的一個箱子，裏面用福馬林浸泡著一具屍體。屍體面朝上躺著，大睜著眼睛，長長的黑髮飄來蕩去，是一個軀體雪白的少女！

盧教授對我招招手道：「樣本庫不止這一間，要讓你看的東西在裏面。」

我跟在他身後走著，感到不寒而慄。這一路走過去，可以清楚地看到兩邊擺放的箱子裏都浸泡著屍體，這些屍體有老有少，有男有女。

盧教授又打開了一道小門，他並沒有走進去，回身對我說道：

「我希望你自己進去，看看你的膽量如何。」

我點了點頭，就走進了那扇小門。我並不害怕，我所見過的恐怖場景，比這裏更加驚悚。

「喀噠——」我走進去之後，盧教授居然把小門反鎖上了。

「嗯？」我回頭透過門上的小玻璃窗，疑惑地看著他。

「一個小時之後，我再讓你出去。如果你能堅持過去，那你就是我的學生了。」盧教授站在門外，抬起手腕，對我指了指手錶，目光中滿是興奮。想必，在此之前也有很多人被他這麼訓練過。

「好的，回頭見。」我又點了點頭，轉身就向樣本庫裏走去。

這一間比第一間小了很多，不銹鋼箱子也少了很多，只有十個，擺了兩排。我不知道盧教授想要給我看的是什麼，就決定挨個箱子看過去。

第一個箱子裏泡著一具孱弱的屍體。屍體四肢纖細，皮膚很薄，皮膚下面的血管看得一清二楚。屍體蜷縮著，是胎兒在母體中孕育時的姿勢。

我眉頭一皺，一下子想到了姥爺。姥爺現在的樣子，和這具屍體有很多相似之處。我心裏一驚，連忙繼續看過去。

把所有的箱子看完之後，我不禁愣住了。每一個箱子裏都浸泡著一具瘦弱如雞仔的屍體。而且，這些屍體一個比一個孱弱單薄，最後的兩隻箱子裏，只剩下了兩張乳白色、在液體裏飄蕩的人皮！

現在，我明白盧教授要給我看的是什麼了。這是一個病症的演變過程，這些屍體一目瞭然地讓我看到了患上那個什麼「宇宙人體蒸發綜合症」的人，會像這些屍體一樣，一點點地萎縮，最後只剩下一張人皮。

我開始思考盧教授所說的「人體蒸發」的涵義。人體是血肉之軀，又怎麼可能蒸發掉呢？

我再次將這些屍體仔細觀察了一遍。

就在我查看的時候，其中的一具屍體還爆出了一團血霧！沒想到，就是已經死了，他們的症狀還在持續著，蒸發是不會停止的。

我非常困惑。如果說，這種情況是由詛咒引起的，那麼，這個詛咒真的是可怕的魔咒了。是什麼樣的力量在操控著這種詛咒？還是說，姥爺只是根據自己的閱歷來猜測這是一個詛咒？

如果排除了詛咒之說，這確實是一種極為罕見的病症。而要治療這種病症，目前科學的力量也還不能夠做到，盧教授直到現在也毫無辦法。

看來，玄陰子說得沒錯，還是要依靠我自己。我是與眾不同的，我要去找到開啟秘密的鑰匙。

一個小時過得很快。盧教授接我出樣本庫的時候，我一直緊皺著眉頭不說話。

「怎麼樣，嚇壞了吧？」換好衣服之後，盧教授坐到辦公桌後面，從抽屜裏掏出了一根雪茄丟給我。

「抽一根吧，貴著呢，我平時都捨不得抽。」盧教授自己也點了一根雪茄，對我說道：「抽菸可以鎮定心神。」

「那些人，都是得了和我姥爺一樣的病症？」我把雪茄點上，深吸了一口，在沙發上坐下來問道。

「不錯，那些人得病後三兩年就撐不住了，我還從來沒見過活過三年的人。你姥爺是一個奇蹟。」盧教授拍拍我的肩膀道，「我知道，你的心裏不好受。我一定會盡全力找到治療這種病症的辦法的。」

「你現在研究到什麼階段了？知道這個病症到底是怎麼回事嗎？你準備怎麼治療？」我皺眉問道。

「對於症狀，我是研究得很徹底了，但是，病理和治療的方法，還是一無所知。」盧教授滿臉凝重地說。

我猜得果然不錯，我只能靠自己了。一切玄理都存在於宇宙之中，這崩血之症注定是要我去解決的問題，他人無法代勞。

「你研究之後有什麼心得？」我問道。

盧教授皺眉看著我，半天才問道：「你是不是知道一些這個病症的秘密？」

「我不知道什麼秘密，但是，有人曾經斷言，我可以找到治癒崩血之症的辦法。」

「誰說的？他為什麼這樣斷言？」

「一個患了崩血之症的人。」我淡淡地說，「那個人說，我是唯一一個越過了警戒線，卻沒有患上崩血之症的人。所以，我是找到答案的關鍵。」

「什麼警戒線？」盧教授滿臉好奇地看著我。

「我也不知道，因為，當時我還是一個嬰兒。」我皺眉看著他問道，「你研究了這麼久，難道你連這些人為什麼會患上這種病都不知道嗎？」

盧教授愣了半天，怔怔地說：「他們都不是在患病的第一時間被發現的，而是到了晚期被送到醫院，醫院救治不了了，才送到我這裏來的。這些人是怎麼得病的，又是從哪裡來的，我一概不知，而且醫院也不允許我去調查這個事情，說這是最高機密。」

盧教授忽然有些興奮地說道：「你剛才的話，給了我一個啟發。我覺得這些人很有可能是受到了核子輻射。最危險的警戒線是什麼？肯定是核輻射區域的警戒線。對，肯定就是這樣，所以這個事情是機密。」

「核子輻射會讓人得這種病嗎？」我提出疑問。

「這個，不對——」盧教授臉上是很震驚的神情，他喃喃自語道：「天哪，他們到底在研究什麼？難道他們是在製造人造黑洞嗎？」

我聽不懂他在說什麼，不禁問道：「到底怎麼了？」

「方曉，」盧教授一把抓住我的手，神情有些緊張地說：「那些人的症狀是蒸發！分子蒸發，物質蒸發，完完全全的蒸發，憑空消失，物質不守恆，你明白嗎？」

「我不懂。你到底要說什麼？」我皺眉問道。

「是這樣的。」盧教授扔掉雪茄，激動地在牆邊的黑板上畫了一個小點，說道：「質能守恆定理，物質和能量在不停地互相轉換，兩者不會憑空消失。比如核彈，就是將物質轉化成能量，在裂變時爆發出極大的能量。物質的減小是很容易測量的，可以得知特定分子的運動變化過程。」

我聽得暈頭轉向，直截了當地問：「你說結果，原理我聽不懂。」

盧教授扔掉筆，看著我說：

「那些人，都是直接蒸發掉的！他們的症狀是崩血，但是，我經過精密的測量，他們流出來的那些血液，都憑空消失掉了。也就是說，質能不守恆了。在室溫環境下，血液不可能產生裂變和巨變，不可能直接轉化為能量。他們崩血之後，空間裏沒有測量到有特殊的能量流存在。你明白這是什麼意思嗎？他們就是這樣一點點蒸發掉，最後整個身體都完全消失了，只剩下一張人皮！這不符合科學啊！」

盧教授的表情近乎瘋狂，可見，他的這個發現對他的科學信仰是多大的挑戰。

「那有沒有什麼合理的解釋？我也見過姥爺發病的樣子，那些血流出來之後就完全消失了。」我給盧教授倒了一杯水。

「現在我唯一能夠想到的解釋，就是微觀黑洞輻射了。但是，這又是不太可能的事情。因為，人為製造出微觀黑洞是極其困難的，而且還要讓它對一些特定的人體產生吸收作用，這簡直就是天方夜譚。」盧教授喘了一口氣，「所以，讓我相信他們是被微觀黑洞吸收了，還不如讓我相信他們是穿越到其他世界去了呢。」

清晨，上班的時間還沒到，路上的車卻已經開始多起來。我坐在車子裏，隨著車流緩緩地向前挪動，周圍汽車的喇叭聲讓我有些緊張疲憊。

昨天晚上我一直沒睡，一整夜都在和那個科學怪人討論。想想還真是搞笑，一個玄門中人，一個科學怪人，這是多麼詭異的組合，我都不明白自己為什麼要和盧教授扯那麼久。是的，我們都有些瘋狂了，因為我們遇到了瘋狂的問題和瘋狂的事情。

我沒有回紫金別墅，直接去了醫院。

我一走進玄陰子的病房，連招呼就不打，直接安排道：

「你們立刻把老人家抬上車，跟我走。我不在的這段時間，你們就待在我的別墅裏，不能亂跑。」

「金環、銀環，你們挑上幾個得力的人，跟著我一起去北城總部，其他人全部跟著老人家，保護他的安全，要時刻保持警惕。」我沉聲說道。

「明白！」他們面露喜色，連忙按照我的吩咐忙活起來。

玄陰子斜躺在床上，笑著對我說道：「小子，你可得早點回來啊，不要玩野了。」

我眉頭一皺，走到玄陰子身邊，俯身低聲道：

「我去幫你賣命，你也要守信。這段時間，你就好好把該記起來的事情都記起來。最好不要讓我回來之後還得不到任何資訊，要是那樣的話，我可就真的跟你翻臉了。我到底從哪裡來，還有那個警戒線到底是怎麼回事，你一定要想起來，知道嗎？」

「你放心，我正在吃核桃和銀杏補腦，你回來的時候，我肯定恢復記憶了。你放心辦事就是啦。你現在是代理掌門人，整個陰陽師門都歸你管。總之，只要能保住師門，你怎麼做都可以，明白嗎？」玄陰子笑瞇瞇地說。

「哼，我當然明白。」我站起身走了出去。

我在前頭開車領路，後面跟著十幾輛黑色賓士。到了別墅後，我把人都領進去，叫來老管家，讓他安排好這些人。

我回到房間收拾東西，並給林士學打了電話，向他說明情況。林士學並沒有阻止我去北城，還讓我順便去和二子碰頭，看看那邊的情況怎樣了。

我走進玄陰子在一樓的房間，把裝著千年悶香的袋子丟到床上，對他說道：

「這是我從西南帶回來的，不知道有沒有效果，袋子裏有方子，你讓他們熬藥給你喝，保不準你運氣好，就能治好了。」

「嗨嗨，不錯，你小子心腸不錯。」玄陰子不禁兩眼放光地笑了，讓他的徒弟把東西收起來。

我瞇眼看了看在場的人，對他們說道：

「還有一個事情要和你們說，靈堂裏的那位，是你們陰支的師祖，你們要對她恭敬，記得每天上香磕頭，不要惹她生氣。要是哪天她有暗示給你們，那就是要出事了，你們要多加小心，做好準備。」

我說完走進靈堂，開始向苒紅塵跪拜，點了一盞燈，告訴她，進來的人都是自己人，這才離開。

事情都安排好之後，我才帶著金環和銀環等人一起去車站。我們到北城時，已經是晚上八點了。我們驅車到市郊的一棟宅院裏安頓下來，就連夜籌畫接下來的行動。

金環和銀環已經基本上想好了對策。他們打算先謊稱玄陰子回來了，然後召見血眼和鬼手，就地將他們拿住，再向他們宣布玄陰子的命令，另選能員幹將，接替二人的位置。

「現在形勢緊迫，這二人一日不除，就禍害一日。」金環看著我問道：「代掌門，您覺得這個計畫怎麼樣？」

我皺眉道：「就算制伏了他們，你能保證他們的手下就會被收服嗎？要是因此激起更大的亂子，怎麼辦？」

「這個——」金環遲疑道，「血眼的人應該沒有問題。就是鬼手的人，可能不太好對付。」

「那就先摸清鬼手那邊的人員情況，然後再進行這個計畫。」我拎起手提箱，「接下來這段時間，我要單獨行動，你們不要跟著我，也不要跟我聯繫。你們安心做好自己的事情。要是讓我發現有人在跟蹤我，我會直接除掉他。明白嗎？」

「明白，請代掌門放心。」金環等人連忙點頭應道。

「好，那我先走了。」我推開門，走進了深深的夜色之中。

夜色深沉，路燈昏黃。我從宅院出來之後，叫了一輛計程車，來到了城東，下車後給二子打了電話。

「你居然來了！你在哪兒，我去接你！」二子在電話裏興奮地大叫。

「城東萬象賓館旁邊的路口，離你不遠。」我答道。

「好，你等著。」

我站在路邊的柳樹下，點了一根菸，還沒抽完，一輛黑色轎車已經停在我的面前。車門打開，二子探身對我招手道：「上車。」

「總算來了能給我排憂解難的人，我正遇到一件棘手的事情呢，你來得正好。」沒多久，二子已經把車開進了一棟花園別墅。

「這是他們安排給我住的地方。」二子帶著我進了客廳。

我和二子坐下來，一邊抽菸一邊品茶，很是自得。

「出了什麼情況？」我問道。

「也不是什麼大事，就是薛寶琴家裏，我到現在還沒有弄清楚是怎麼回事。」

二子說道。

我問道：「你找到薛寶琴沒有？」

「她本人我一直都沒見到。」二子有些尷尬地說，「這段時間，我沒事就去她家打轉，和她家裏人都混熟了，但就是沒看到她。她家裏人對她的去向絕口不提，我也沒有辦法，只好就這麼等著。」

「你說的棘手事情是什麼？」我又問道。

「上次我去她家，發現她父親的身體不是很好，咳喘不止，說是老毛病了，但是又一直查不出原因。我覺得這事有點怪。我本來想借這件事情表現一下，得到他們的信任，但是我的能力有限。現在，你正好來了，這個事情就交給你去辦了，你看怎麼樣？」二子挑著眉毛問我。

「這個，我得實地去看了才行。如果是風水問題的話，估計我也看不出來。但如果是其他問題的話，我應該可以解決。」我說道。

「嗯，那今晚咱們先吃飯，弄點酒來喝。明天正好週末，她家老爺子在家，我帶你過去看看。」

飯菜上來，我們推杯換盞地吃喝起來。二子見我興致不高，知道我有心事，問我怎麼了，我就把玄陰子拜託我的事情都說了。

好。」

「那現在你準備怎麼辦？」

「準備把那兩個傢伙除掉。」我笑道。

「除掉？」二子皺起了眉頭，神情凝重地對我說：「我覺得你這樣做不太

「為什麼？」

「這種事情，你就得跟我學了。」二子捏了一粒花生米丟到嘴裏，一邊嚼著，一邊指點道：「你說，玄陰子為什麼要把他手下的人分成三個部分？」

「為什麼？」我不解地問道。

「嘿嘿，告訴你吧，那就是為了讓他們互相牽制，然後他從中調解、搞平衡，得人心。」二子有些得意地說，「這就叫御人之術。如果一個人的手下只有一個能人，那樣肯定做不長遠。玄陰子明白這個道理，所以才讓門派的人互相競爭，幹活才肯出力氣。」

「你現在只聽人部那些人的一面之詞，人生地不熟的，又不知道誰有能力，最後安排人事的時候，還不是人部的那些人說了算。這樣一來，會出現什麼樣的後果？嘿嘿，最後三個部門都歸人部管理，一家獨大，把你架空，說不定連那個玄陰子都會被除掉。你這不是在給自己挖坑嗎？」

二子的話，如同一記重拳，砸到了我的心上。

他說得沒錯，我確實太稚嫩了。現在回想起來，才覺得金環和銀環他們的確有不可告人的目的。江湖險惡，人心更險惡。如此看來，我不能聽從他們的建議，不然肯定要出大事情。

「那我現在該怎麼辦？」我皺眉問道，「我只有三天時間。」

「很簡單。」二子一邊喝著酒，一邊隨口說道：「想辦法和其他兩個部門的頭頭兒私下見面，先瞭解情況再說。」

「我現在是代掌門，我不可能以這個身分跟他們見面。但是，換了其他身分，又見不到他們。」我為難道。

「嗨，你得學會利用資源啊。」二子眯眼一笑道，「你忘了，我們明天要去見誰？那可是一個有實權的人啊。你可以通過他見到那兩個人。」

我心裏一動，覺得這確實是一個可行的辦法，說道：

「好，那就這麼辦，我明天一定想辦法幫老人家治療咳喘，然後再請他幫我辦這個事情。」

「這就對啦。來，喝酒！不是我說你，與人相處，要多動腦子，你要多學著點才行。你雖然是方外之人，但是既然要處理這些世俗問題，就得有入世之心。」二子又是得意地笑道，「不過也沒關係，有我這個軍師給你出謀劃策，也沒什麼能難倒你。嘿嘿，連我都不得不佩服我自己了……」

「打住。」見二子越吹越上頭，我連忙一擺手打斷他的話道：「你就喝酒吧，別自吹自擂了。」

「嘿嘿，你看你，老是打斷別人興致。算啦，不和你計較，喝，喝！」二子大著舌頭，繼續舉杯暢飲。

第七十五章

神奇風水

「首長，風水說起來很神奇，」我微微一笑道，
「這個公園中有一條彎道，呈弓箭形，正對著您的窗戶。
旁邊有一個涼亭，涼亭的一隻亭角也對著您的窗戶。
對您來說，就是犯了反弓煞和尖角煞的凶煞之地了。」

第二天，我和二子吃完早飯之後，便一起前往薛家的四合院。到了那裡，經過數次安檢，一個警衛兵才把我們帶到院子裏。

「首長正在書房看書，讓二位去書房坐。」接待我們的人說完，帶著我們向後面的兩層小樓走去。

我們上了二樓，進入一間古色古香的會客廳。會客廳裏沒有人，透過窗戶，可以俯視屋後一片綠意蔥蘢的景色。

「首長，他們來了。」

「噢，讓他們進來坐吧，你去忙吧，這兒沒你的事情了。」裏面傳來一個略顯蒼老、卻非常渾厚的聲音。

「哈哈，老爺子，您今天身體可好啊。」二子這個人，是見了誰都不會怯場的粗心腸，完全不把自己當外人。他一邊說著，一邊推門進了書房，還回身對我招手道：「進來吧，隨意一點，首長不喜歡太拘謹的人。」

「首長，您好。」我跟著二子走進去，瞥眼掃視了一下房間，只見靠牆有兩個大書架，上面擺滿了書。

不過，當我抬頭去尋找首長的身影時，卻發現他並沒有在看書，而是坐在電腦前，正在上網。我心裏不覺一樂，暗嘆這老人家還挺跟得上時代的。

「你們隨便坐。」老人家沒有回頭看我們，只是抬了一下手，繼續伸頭看著電腦螢幕，神情很專注。

我和二子走到他身後的沙發上坐下。

二子很自然地從茶几上端起茶壺，給老人家添了茶，又給我和他自己倒了一杯，這才晃悠悠地走到老人家身邊，和他一起看著電腦螢幕，說道：「哎呀，首長，您這是打算養狗啊？」

「是啊，小狗貼心啊。你看看，寶琴這丫頭，說不見就不見了，一年到頭也不陪我幾天，我只能一個人悶著。所以啊，我就想養條小狗，可以逗逗樂子。」老爺子從桌上拿起菸盒，自己點了一根，繼續向螢幕上看去，卻把菸盒遞給了二子。

二子從菸盒裏抽了兩根，給我一根，他自己點了一根。

「哎，你們懂不懂養狗？有沒有好一點的品種介紹一下？你們說我養哪種好？」老爺子轉過身來，看著我們問道。

「老爺子，我覺得，您得養一頭黑乎乎的大藏獒，那才夠氣勢。」二子連忙說道。

「嗯，不錯，我也這麼想來著。我就是擔心藏獒太烈了，會把寶琴給嚇著。」

這時候，我才有機會仔細觀察這位老人。老人身板還算硬朗，身材並不高大，略微發福，頭髮已是一片銀白，國字臉，濃眉闊嘴，雙目炯炯，很有氣勢。老人上身穿一件毛衣，下身是呢子長褲，腳上穿著厚實的棉襪和拖鞋。

「老爺子，其實要我說吧，寶琴心裏肯定是非常孝敬您的，她只是表面好強。」二子安慰道。

老爺子點點頭，抬眼向我看來，似乎這個時候才注意到我。

「哎，小張啊，這位就是你要給我介紹的那位風水先生嗎？」老爺子問道。很顯然，我的年齡讓他有些疑惑，一般來說，風水先生應該都有四五十歲以上。

「對啊，老爺子，他叫方曉，是我的小師父。您別看他年輕，他可是很厲害的。我敢打包票，要說他在這個行當裏排第二，絕對沒人敢說排第一。」二子對我一陣吹捧。

老爺子不覺上下審視了我一番。我連忙起身恭敬道：「首長，您好，我叫方曉，請您多多批評指教。」

「嗨嗨，不錯，雖然年輕，但是氣度不凡。」老爺子竟然走過來，對我伸出了手。

我連忙雙手握住，笑道：「首長謬讚了。我見識短淺，讓您見笑了。」

「哈哈哈，小師父，坐坐，我正好有個事情要麻煩你。」老爺子坐回椅子裏，微微皺眉道：「小師父，我最近一段時間，夜裏咳喘得厲害，醫生愣是沒能查出病因來。而且，最奇怪的是，我每次坐在書房裏，總感覺心口涼涼的，好像有人用冷手往我胸口上按一樣。小師父，不知道這個事情，你有沒有什麼看法？」

我微微皺眉，心裏暗暗思忖了一番，大概猜到是怎麼回事了，不覺起身對老人家說道：「首長，這種情況，一般來說，和這個宅子的風水有關。」

「可是我在這裏都住了二三十年了，以前可從來沒有出現過這種狀況。」老爺子提出了異議。

我仔細盯著老人看了一下，發現他眉心罡氣充沛，全身上下氣場澎湃、金光閃耀，可是，背後朝向窗戶的方向，卻透著一股黯淡的冷色。

我不覺一陣疑惑，不待他繼續詢問，就徑直走到書桌前，抬眼向窗戶外看去。一看之下，我心中已然了悟，知道這是怎麼回事了，說道：

「請問首長，這窗外的公園，最近半年是不是重新修建過？」

「是有這麼回事。」老爺子有些疑惑地說。

「首長，這房子您住了二三十年都沒有什麼問題，那麼問題就不是出在這房子上，肯定是周邊建築有問題。我看首長臉色紅潤，但身後有一縷冷色。而且，首長的病症是最近半年才出現的，所以，公園在此之前是沒問題的，但是由於最近動了土，才出現了問題。」我細細解說道。

老人不覺點了點頭，讚嘆道：「不錯，小師父果然是年少有為。不過，我很好奇，這公園到底出了什麼問題，竟然可以對我造成影響？」

「首長，風水說起來很神奇，實際理解起來，是很簡單的。」我微微一笑道，「這個公園距離您的窗戶大約是一射之遙，公園的格局，園中有一條彎道，呈弓箭形，橫穿彎道的一叢冬青如同箭矢一般，正對著您的窗戶。冬青叢旁有一個小涼亭，涼亭的一隻亭角也對著您的窗戶。所以，這公園對別人來說無害，但是對您來說，可就是犯了反弓煞和尖角煞的凶煞之地了。」

老爺子聽得很認真，一邊聽一邊點頭，又微微皺起了眉頭，似乎還有不解。我知道，不給他露點真功夫，是沒法讓他信服了，於是微微一笑，說道：

「剛才我進房間之後，細觀首長的氣色，發現您正是鴻運當頭，反弓煞加上尖角煞，對人的氣運影響不大，但要是長此以往，卻會對人的健康造成影響。這就好像別人整天拿著刀尖指著您，您會舒服嗎？」

「原來是這樣啊，我說呢，那敢情我每天在書房裏看書，就是一直被這尖角煞和反弓煞犯著，所以才得了夜間咳喘的毛病，對嗎？」老爺子有些釋然地問道。

「不錯，正是這個原因，所以，我建議您，要麼把書房換個地方，或者直接把公園的格局改了，可保無虞。」我笑道。

「嗯，不錯。不過，小師父，我還有一個疑問，你能不能幫解釋一下？」

「首長，您請講。」我微笑道。

「嗯，既然我是白天被這反弓煞尖角煞犯的，那為什麼我白天不發病，夜裏才發病呢？」老爺子顯然有點為難我的意思。

我輕輕一笑，回身流覽著書架上的典籍書刊，對老人解釋道：

「首長，天地萬物皆歸於氣與運之變。氣可凝為實物，粗略分起來，不外乎陰陽兩儀。首長，您之所以白天不發病，就是因為白天大地陽氣充沛，而您老也是陽剛氣盛，反弓煞和尖角煞的陰力無法勝過您的陽剛氣場，所以，白天最多是感覺心口有點涼，卻不會發病。但是到了晚上，特別是午夜前後，陽氣退散、陰氣虛浮，您老的陽剛氣場也變弱了，尖角反弓煞的陰力作用也就顯現出來了。」

我繼續說道：「您可能還有一個疑問，晚上您已經不在犯煞的位置待著了，卻還是會受到影響。那是因為，煞氣陰力的存在，並不是曬之即暖，避之即冷的。煞氣陰力也是一種氣場，是一種可以慢慢積累的力量，所以，您在夜裏依舊受到煞氣陰力的影響。而且，我推測，就算您能夠改造公園的格局，您的夜間咳喘還是要持續一段時間才會好的，至少三天。」

「三天時間，你真的可以保證我的咳喘病會好？」老爺子滿眼興奮，又有一絲懷疑地看著我。

「三天可能有點急，一周是肯定可以痊癒的。」我笑道。

「對啊，我想起來了，前段時間，我去外地待了半個月，那段時間就沒有咳喘了，但是回來之後又犯上了。哈哈哈，哎呀呀，我總算明白是怎麼回事了。小師父啊，好好好，很好！」老爺子滿心興奮地上來握著我的手笑道，「小師父，真沒想到啊，你小小年紀，居然有如此見識和本事。」

老爺子一拍桌上的按鈕，說道：「老劉，做一桌菜，要茅臺，我藏的那瓶拿出來！」老爺子說完，把外套一穿，轉身看著我和二子說：「走，陪我這個老傢伙喝一點兒。」

「哈哈，謝謝首長。」我和二子陪著笑臉，跟著他到餐廳去了。

酒桌上，我和二子頻頻舉杯敬老爺子。老爺子身板硬朗，很能喝，半斤白酒下肚，臉色只是微微粉紅。

「哎，這年頭，想找一個有能力、有膽識、穩重幹練的年輕人，實在是太難嘍。」酒過三巡，老爺子有些感嘆地指了指二子說道：「你表哥小林子，算是不錯的。」

「嘿嘿，謝謝首長誇獎，回去我一定轉告他，讓他親自來向您道謝。」二子連忙陪笑道。

酒足飯飽後從薛家出來，我和二子正在走著，一輛深藍色的轎車突然正對著我們開了過來！

「我操！」二子大叫一聲，拉著我退到路邊。

一聲刺耳的剎車聲傳來，那輛轎車停了下來。我們扭頭看去，只見車門打開了，一個人影從裏面出來，急速向我們跑過來。

「快走，這兒的人咱們惹不起。」二子還沒看清來人就拍了我一下，自己向前跑去了。

我沒有跑，定定地站在原地，微笑著等來人跑到面前，才問道：「別跑那麼急，小心高跟鞋把腳扭了。」

「呼——」這個人粲然一笑，用手拍拍胸脯，喘了一口氣，抬眼看著我，有些興奮地問道：「你怎麼來了？」

「我為什麼不能來？」我皺眉道，「我說大小姐，你失蹤一兩個月了，有人都急白頭了。你要是再不出現的話，人家就要賴在你家門口不走了。」

「去！」薛寶琴嗔笑著，對我揮了一下手，接著問道：「你來多久了，剛才跟你一起的人是誰？」

「你認識的。」我轉身向後看，二子已經走回來了。

「啊。」二子看清楚了是薛寶琴，不覺叫了一聲，飛奔過來。

「哎呀，大小姐啊，可算讓我等著你啦，你這陣子到底去哪裡啦？怎麼一點音信也沒有？你看把我們給擔心的，嗨，這下好了，總算可以放心了。」二子跑到薛寶琴面前，不禁一陣感嘆。

薛寶琴只是淡淡地笑著，說道：「好了，我現在回來了。我回來之前就聽說了，你一直在這兒。現在你可以回去覆命了，去吧。」她對二子揮了揮手。

「噢，好。」二子點點頭，轉身就走，走了幾步之後，回身拉了我一把：「走吧。」

「你自己回去就行了，他留下。」薛寶琴伸手對我指了指。

二子很順從地轉身走了。

我無奈地看著薛寶琴，搖了搖頭，對她說道：「下次最好不要這樣對他，這樣你會交不到朋友的。」

「嘻嘻，想要和我做朋友，可是需要實力的。」薛寶琴滿臉自負地說，轉身對著轎車揮揮手道：「你們先回去。」

「你不回去嗎？」我好奇地問道。

「我坐了好長時間的車，腿有點酸，我想散散步，放鬆一下。你可不可以陪我走走？」薛寶琴微笑地看著我，理了一下耳邊的亂髮。

「呵呵，那個——」我有些為難地撓了撓頭，「是可以。不過，我覺得你應該先回去見老爺子吧，反正以後有的是時間，要不，我們有空再約，你看好不好？」我訕笑道。

薛寶琴的笑容收斂了，冷冷地看了我一眼，說道：

「你就這麼怕我，連散步都不敢？」

「呵呵，我是挺怕你的。」我只好訕笑一下，準備告辭。

「你等一下。」薛寶琴叫住了我，從皮包裏掏出一張小紙片塞到我手裏：「我知道你來這裏不是為了我。這是我的電話號碼，你要是遇到什麼棘手的問題解決不了，儘管打電話給我，我會儘量想辦法幫你解決的。」

「你好像什麼都知道？你回家之前，已經把我和二子都調查清楚了？」我有些鬱悶地看著她。

「呵呵，你別誤會，我之所以知道這些，並不是因為我去調查的，而是因為只要和我家扯上關係的人，資訊都是透明的，我隨時可以瞭解到。你別以為我會去對你們做什麼事情。」薛寶琴微笑道。

「好吧，謝謝了。」我淡淡地說。

薛寶琴深吸了一口氣，又問了一個讓我有些意外的問題：

「你姥爺的情況有起色了嗎？」

「還是老樣子，沒什麼起色，能捱一天是一天了。」我有些傷感。

「怎麼會這樣呢？難道沒用？」薛寶琴低頭自言自語起來。

「你說什麼？」我有些疑惑地問道。

「哦，我沒說什麼，我只是擔心老人家的身體而已。好了，我先回去了，再見。」薛寶琴對我揮了揮手，轉身急匆匆地走了。

到了外面馬路上，我才發現二子一直坐在車子裏等著我。

我淡淡一笑，說道：「開車吧，回了。」

我和二子回到花園別墅後，二子說睏了，先去睡覺。我則在房間裏打開北城市地圖，仔細地研究起來。

陰陽師門的總部在城東，也是陰陽師門產業集中的區域，有不下十家連鎖賓館、二十家大飯店、五個娛樂城和兩家影院。而師門還有另外兩大支柱產業，建築公司和融資公司。所有這些產業，都是由天部首領血眼管理的。

從報紙上的報導看來，血眼叫林子傑，是一個很正派的商人。他為人很低調，而且很有善心，每年都向慈善基金會捐助大筆資金。

從登在報紙上的照片看，這個人大約五十歲，微微發福，面容和善，很有親和力。他不但深得玄陰子的信任，而且修為深厚，年輕時就已經練成了「血色鬼眼」，也因此而得名。

城東十字大廈的頂層，是血眼的辦公地點，這座大廈也是林氏集團的總部。陰陽師門的天部人員之中，有過半的好手都在這座大廈中。一個普通人，想要神不知鬼不覺地見到林子傑，那是不可能的事情。但是，我不是普通人。

打定主意之後，我放下地圖，到二子房間裏，把他從床上拉起來。

「醒了沒？」我拍著他的臉問道。

「你這麼弄我，我再不醒，除非我死了。」二子瞪著我，滿心不悅地說。

我說道：「快起來，我今晚有計劃。」

「什麼計畫？」二子披上外套，和我一起來到客廳。

「我準備去拜訪林子傑。」我把一張登著林子傑照片的報紙遞到二子面前。

「好啊，什麼時候去？」二子瞟了一眼照片問道。

裝一下。」我說道。

「我自己去。在去之前，你得幫我辦一件事情。」

「什麼事情？」

「幫我搞點易容的東西，比如人皮面具之類的。我不能以真面目去見他，要偽裝一下。」我說道。

「那你蒙面不就行了嗎？」

「不行，必須要誤導他，以為我是另外一個人。不然的話，說不定以後再碰面，他會認出我來。林子傑的貼身秘書王軍，身高體型和我差不多，我今晚就要裝扮成他的樣子。我會先想辦法把王軍弄暈，然後以王軍的身分接近林子傑，探他的口風，查一下那邊的情況。」

我把另外一張照片遞給二子，那是王軍陪同林子傑考察工廠的照片。

「好吧，我去想想辦法。不過，人皮面具這玩意兒不好買，你還是先制定一個預備計畫吧。」二子起身就往外走。

「嗯，你先去試試，我再想其他辦法。」

我在別墅裏等了半天，直到太陽快落山的時候，二子還沒有回來。我給他打了電話，他說還在各處找。

我心裏不覺有些失望，知道多半是買不到了，連忙穿上外套，準備自己出去碰碰運氣。就在這時，門外走進一個人來。

我抬頭一看，發現是別墅的保安人員，就說道：「我要出去一下，張先生回來的話，幫我和他說一聲。」

「方曉師父，這裏有一個手提箱，是給您的。」

保安遞給我一個黑色手提箱。我仔細一看，滿心好奇，問道：

「誰讓你把這個東西送給我的？」

「這個——」保安遲疑了一下，「那個，不讓我說。」

我微微笑道：「沒事，你說吧，我不告訴他們就是了。」

「好吧，這個，這個是大小姐讓人送過來的，說是你正在等這個東西。」這個小夥子憨厚地說道。

我更好奇地看手提箱，獨自回到房間裏，把手提箱放到床上。我現在正等著易容裝備，難不成這箱子裏裝的就是這個？如果真是這樣的話，那薛寶琴可就神了。

我輕輕地把手提箱打開一看，裏面果然擺著一張造工精緻的人皮面具，在面具旁邊有一張小紙條，注明了這張面具是按照誰的臉型製作的，正是王軍。在面具下面，還有一身黑色緊身夜行衣和一個單管小型紅外夜視鏡，是絕佳的夜行裝備。

我把這些東西拿起來之後，才發現還有一遝資料，是林氏集團以及陰陽師門天部成員的詳細資料。看過這些資料，我已經基本掌握整個天部成員的情況了。

資料裏還對王軍和林子傑進行了仔細的分析，連王軍的口頭禪和習慣動作都詳細記錄了。

這些資料對我太有幫助了，但是，薛寶琴為什麼要幫我？這個事情越想越不對頭，我不禁有些煩亂，感覺我的一舉一動都在監控之下。

監控？我眉頭一皺，轉身走出房間，裝出漫不經心的樣子點了一根菸，在樓裏隨意走動著，留心去看一些隱蔽的地方。轉了一圈下來，結果在好幾個地方都發現了監視器，又在客廳的沙發墊子下，摸到了一個指頭大小的黑色小話筒。

原來這個別墅在我們入住以前，早就安裝了監視器和竊聽器。他奶奶的！

我狠狠地掐滅菸頭，回到房間，用力把門帶上，拿起電話給薛寶琴打了過去。

「喂，怎麼想起來給我打電話了？有什麼事情嗎？」薛寶琴在電話裏懶懶地問道。

「你送來的東西我收到了。」我冷冷地說。

「噢，舉手之勞，你不用謝的，我只是閒著沒事，幫你張羅張羅。我這個人很熱心的，閒不住，看到別人有困難，總想幫忙。」薛寶琴開心地說。

「你幫我，我很感謝，但是，我希望在我住的地方不會再有監視器和竊聽器！

這個別墅是你們家的，我們馬上就搬走。我希望不要有人跟蹤我們，不然的話，我不會留手。」

我毫不猶豫地掛了電話，起身收拾好東西就出了別墅。

一出別墅，我立刻給二子打了電話，讓他不要再回別墅，到我和他說的碰頭地點找我。

我向前後左右看了看，發現沒有什麼異常，這才轉身進了一條小巷，一路疾奔，繞到另一條街上，擠進了洶湧的人流之中。

我一路走到這條街的另一個出口，這才招手叫了一輛計程車，到城東的錦江大飯店。

在錦江大飯店門口，我先走進了旁邊一個公廁，進去後開始裝扮起來。十來分鐘以後，我對著鏡子一照，赫然發現自己完全變成了另外一個人。臉上的人皮面具完全看不出破綻，現在就算是二子看到我，應該也認不出來了。

我滿意地點點頭，戴上墨鏡，向錦江大飯店走過去。我在櫃臺裝模作樣地詢問了一下，然後很自然地走上二樓，在樓道轉彎的地方，從窗戶跳了出去。跳到樓後的小巷子裏，我閃身躲在牆角，一動不動地等了十來分鐘，發現沒有人跟上來，這才鬆了一口氣，在小巷子裏找到一家很簡陋的招待所，要了一個房間。

我進了房間，關上門，給二子打了一個電話，把地點告訴了他，並且叮囑他一定要小心，不要洩露行蹤。

沒過多久，敲門聲響起，我起身開門。

二子站在門外，見到我先是一愣，接著有些遲疑地問道：「小師父？」

「快進來！」我一把將他拉進來，伸頭看了看外面，沒有發現什麼異常，這才關上門問道：「我要的東西都搞定了嗎？」

「除了面具，不過我想你現在也不需要了。」二子把行李箱打開，拿出一套黑色西裝和一雙黑色皮鞋，說道：「這個是你要求的樣式。」

我接過衣服，開始換裝。

「還有，這雪茄是林子傑最愛抽的，王軍身上都會帶著。這很貴的，你要是用不完就帶回來，我們也享受享受。」二子把雪茄塞到我的上衣口袋，拿出一把軍刀：「高級貨，絕對是鋒利無比，一刀砍斷大腿骨不成問題。你帶著，以防萬一。」

「這個不錯。」我接過匕首，小心地綁到小腿上，用褲子遮住了。

「還有這個，這個最厲害。」二子把最後一件東西拿了出來。

我抬頭一看，居然是一把手槍。

「武功再高，也怕菜刀；仙術再強，也怕手槍。嘿嘿，這可是真傢伙，子彈只有三十發。你不到萬不得已，不要拿出來，不然動靜就鬧大了，不好收拾。」

手槍入手沉甸甸的，我有些疑惑地問道：「你在這裏人生地不熟的，也能買到這些東西？你是怎麼認識那些人的？不會中了別人的圈套吧？」

「嘿，你以為呢？只要有錢，什麼東西買不到、什麼事情搞不定？」二子點了一根菸，樂呵呵地說。

我和二子站在街角的陰影裏，看著不遠處的十字大廈。「你真的不要我和你一起進去？」二子低聲問道。

「不用，你在這裏把風就行了，如果我到了下半夜還沒有出來，也沒給你電話，你就去找薛寶琴。」

第七十六章

血眼狂魔

沒想到，就在我距離林子傑不到三米時，這傢伙猛一抬頭，
瞪著血紅的眼珠子向我看過來，發出了一聲怒吼。
兩道陰冷的黑氣突然從他的瞳孔中噴薄而出，瞬間將我籠罩起來。
我頓時感覺一陣天旋地轉，有些站不住了。

我向十字大廈的後面繞過去，小心地避開路燈光。我站在大廈後面的一個牆角，抬頭向上看去，發現一樓和二樓的窗戶上都裝著防盜窗，我可以輕鬆地借助它們爬到三層，而三層有一個房間正亮著燈，開著窗。

我伸手抓住一樓的防盜窗，向上一躍，就抓住了二樓的防盜窗，接著又翻身上去，再次一躍，扒住了三樓開著燈的房間的窗臺。我緩緩地伸頭上去，向房間裏看去。

這是一個單間辦公室，亮著一盞檯燈，一個穿著套裝的女人正在工作。她背對著窗戶，完全沒有察覺到我的動作。於是，我一翻身，悄無聲息地跳進房間裏。

我來到這個女人的身後，閃電般伸出手，一把捂住了她的嘴，把她拖倒在地。

「嗚嗚嗚——」女人驚得渾身一抖，兩條腿在地上拼命蹬著，使勁地拉扯我的手臂，想要掙脫我的控制。

「噓——」我從辦公桌上拿起一把裁紙刀，放到她眼前，低聲說道：「如果我是你，就不會掙扎。歹徒是不會介意多殺人的，你明白嗎？」

「嗚嗚，嗯嗯——」女人驚恐地連連點頭。

「好，你只要照我說的做就行了，知道嗎？」我又說道。

「嗯，唔。」女人連忙點頭。

「好，現在我問問題，你只需要點頭或者搖頭回答就行了。不要有別的動作，你動哪裡，我就切掉哪裡，明白嗎？」我威脅道。

女人又是驚恐地點頭。

「好，我問你，你們董事長，現在還在頂層是不是？」

女人點了點頭。

「他的助手王軍，現在也在那裏，對嗎？」

女人又點了點頭。

「王軍的辦公室和你們董事長的辦公室是連通的，但是，門通常是關著的，對嗎？」

女人還是點頭。

我已經不需要再問了。薛寶琴給我的資料是百分之百翔實的，她早就將我需要知道的一切資訊都搞清楚了。

我有些自嘲地嘆了一口氣，從辦公桌上拿起一卷寬膠帶，把女人的嘴巴封住，雙手雙腿也捆住，然後把她放到辦公室的長沙發上，還細心地蓋了一件大衣，瞇眼對她說道：

「過一會兒我會來把你放開。我離開的這段時間，你不要鬧出什麼動靜，不然的話，我會讓你的女兒消失的。」

我早就看到了這個女人的名牌，資料裏說她是林氏集團的一個部門經理，已經離婚，帶著一個五歲的女兒。聽到我的話，這個女人驚恐地瞪著我，不停地對我猛晃腦袋。

「只要你聽話，我是不會為難你們母女的。」我很滿意這個威脅的效果。

我把這個女人的門禁卡拿起來，推門走了出去。我按照資料裏推薦的最佳路線，完全避開了監控攝影鏡頭和每個樓層的保安，一路來到頂層。

我先來到王軍的辦公室門口，敲了一下門。

「誰？」門邊的對講機裏傳出一個聲音，應該是王軍的。

我將貼著那個女人照片的門禁卡抵到攝影鏡頭前面，讓他看到照片和門禁卡，捏著聲音說：「王總，我有點事情，想找你幫幫忙。」

王軍的聲音緩和了下來，說道：「徐麗啊，進來吧。」

辦公室的門打開了。我伸頭一看，只見王軍正坐在辦公桌後面，埋頭處理文件。

我心裏一陣竊喜。根據資料上的內容，王軍現在應該早就等得不耐煩了，只等裏面的那個人一聲令下，他就要開著跑車去會情婦了。

我立刻衝進去，一個凌空翻躍，落到他的背後，一個手刀重重地吹到他的脖頸上。我手刀的力量可以摧金裂石，王軍毫無意外地趴到桌子上，沒了聲息。

我連忙把他拖起來，塞到辦公室的一個大櫃子裏，然後再次易容。

我對著鏡子和照片比照了一下，覺得沒有問題之後，翻查了一下桌上的文件，找到了王軍準備向林子傑彙報的資料，起身走到林子傑的辦公室門口，敲了敲門。

我等了半天，裏面都沒有動靜。我有些奇怪，輕輕地擰了擰門把手，發現門反鎖著，打不開。我又用力敲門，裏面還是沒有任何聲音傳出來。

莫非林子傑不在辦公室裏？那王軍還賴在辦公室乾等著做什麼？不對，有問題！

我迅速打開櫃子，在王軍身上摸索一番，找到了一串鑰匙，去打開了林子傑辦公室的門鎖。我輕輕轉動把手，把門先推開了一條縫，想偷看一下裏面有沒有什麼異常。

我剛剛把門縫打開一點兒，一道血色紅光就閃現在我面前，我一驚，一下推開門，房間裏光線很黯淡，四壁上都是紅色壁燈，照得房間裏紅光迷濛。再仔細一看，我才發現，這個房間的面積足有一百平方米。但是，這偌大的房間之中卻沒有太多擺設，只在房間中央擺著一張寬大的辦公桌，後面有一張座椅。

此刻，整個房間空蕩蕩的，很詭異。我悄悄掩上門，想借這個機會看看林子傑辦公桌上的資料。但是，我剛走進房間，就感到一股陰冷的氣息撲面而來。

我不覺心裏一驚，連忙彎腰眯眼向前看去，赫然看到整個房間之中充盈著血色氣息。這些原本可能只是普通的黑色陰氣，但是被紅色燈光一照，就變成血色氣息了。而在這一片讓人窒息的血色之中，有一個白色人影背對著我，一動不動地站在後牆壁前。

這個人影身材纖細，白衣白裙，黑髮披肩，看起來是一個女人。我悄悄抽出腰裏的打鬼棒，一點點地向她靠了過去。

「咯吱吱——」走到距離這個女人四五米遠的時候，我才看清，她並不是一動不動地站著的。她其實一直在動，只是動作幅度非常小。

這個女人正趴在牆上，用手指甲抓撓牆壁，發出一陣陣令人牙齒發酸的聲音，牆壁上留下四道血色抓痕。因為太過用力，她的指甲已經脫落斷裂，指頭出血了。

我心裏一陣驚愕。

就在這時，我又看到一道暗黑色的血跡從牆上緩緩流了下來，正好出現在女人兩腿之間的位置。

這個女人穿著只到大腿的白色包臀裙子，而她的大腿上並沒有血。那些血是從牆壁上流下來的，所以，這個女人身上應該受了傷。

我連忙向前走去，伸手想要去拉這個女人，卻不想，她突然轉過身來，死死地盯著我！

我猛一看到她的面容時，驚得渾身一哆嗦，本能地向後跳開。

這個女人的眼睛，竟然沒有眼珠子，只有兩個黑色血窟窿！牆壁上的血，就是從她的眼睛裏流出來的。

「哇——」一聲無比刺耳、令人全身毛骨悚然的尖叫聲從女人的嘴裏發出來，我一下子回過神來，再抬眼看去，面前的人卻已經不見了。但是，牆壁上確實有四道指甲的抓痕。

我順著抓痕向地下看去，地面上赫然有一片脫落的指甲。我把指甲撿了起來，眯眼看著，發現指甲上蘊含著令人膽寒的怨氣。

剛才那個女人的幻象，應該就來自這枚指甲。我一皺眉，知道這裏面定然有隱情，就把指甲小心地裝進口袋裏，才繼續查看房間裏的情況。

當我向林子傑的辦公桌上看去時，發現辦公桌就像蒸籠一樣，底部正在不停地向外冒著血氣。我心裏一動，已經明白是怎麼回事了。

我走到辦公桌前，伸手推了推，卻根本推不動。那麼，這張桌子應該有機關才對。我仔細辨認桌面上的灰塵，卻發現壓根兒就沒有痕跡，擦拭得太乾淨了。我摸索著桌子的其他地方，也沒有找到機關。

我只好把抽屜都打開翻找，依舊一無所獲。我有些著急了，一屁股坐到了老闆椅上，伸腳對著桌子踢了一腳。卻不想，這一踢之下，老闆椅居然向後滑動了半尺。

老闆椅滑開後，我面前的桌子「嘎啦啦——」一陣響動，滑動開了，露出了一個寬大的洞口，洞口裏是一段階梯。

我沿著階梯向下走去，很快就深入到下面的空間。這是一個完全封閉的房間，沒有門窗。在一片壓抑之中，充盈著一股刺鼻的血氣腥臭。房間的牆壁上的燈也是紅色的，同樣是一片血光照耀。

在房間的尾部，放著一口大浴盆。我微微瞇眼看去，只見一股濃重的黑色血氣正從浴盆裏升騰起來。

我深吸了幾口氣，慢慢地向浴盆走去。我一邊走，一邊扭頭觀察旁邊。只見木架子上掛著幾件散亂的衣服，房間的側面有一排淋浴的蓮蓬頭，下面還有排水口。

莫非這裏是浴室？那浴盆裏會是什麼？

我走到了浴盆邊上，向裏面一看，頓時反胃得差點吐了出來。

血，黑紅色的血，滿滿一盆血！

我踉蹌著後退兩步，握緊了打鬼棒，很警惕地指著那一盆血。

血盆裏的血水正緩緩地蕩漾著，就好像有個人正沒身在血水之中。血水一陣蕩漾之後，泛起一陣水花，緊接著，果然有一張人臉從血水下緩緩升上來。

「啊——」這張人臉張開被血覆蓋的嘴巴，暢快地吸了一口氣，接著伸出舌頭，津津有味地舔了一口嘴邊的血液，緩緩坐直了身體。

淋漓的血漿從這個人的頭髮上、身上滑落，他閉眼盤膝坐著，一動不動，還沒有發現我。我連忙躲到了旁邊的柱子後面。

我心裏已經猜到這個人是誰了，只是還不敢肯定。

「嘿——」這時，這個人突然發出咬牙切齒的發力聲。

我伸頭一看，只見這個人正緊握雙拳，怔怔地瞪著前方的牆壁。而在牆壁上，出現了一滴、兩滴，接著是一大片血液流淌著。

「去！」他低喝一聲。

我瞇眼看去，赫然看到有兩股黑色陰氣從他的眼珠子裏鑽出來，尖厲號叫著向牆壁衝過去，瞬間將牆上的血液吸乾了。

「收！」這個人手指一撮，那兩團黑氣又縮回他的眼睛裏。

「哼，陰氣回血，嘿嘿，鬼手，我看你怎麼應對！」這個人冷笑一聲，從浴盆中站起身來，去蓮蓬頭下沖洗身體，然後走到木架子旁穿衣服。

這時我看清楚了，這個人果然是林子傑，也就是血眼。血眼顯然還沉浸在自己的修煉成果中，沒有發現我。

血眼穿好衣服之後，伸手按下牆上的一個按鈕，說道：「小王，下班了！」然後他哼著歌，向樓梯走去。

我原本以為他是要出去，沒想到他並沒有走上樓梯，而是繞到樓梯後面，隨著「喀啦」一聲開關門的響聲，消失了身影。

這裏居然有暗門通到外面！那還搞這麼複雜的入口機關做什麼？我心裏罵了一聲，連忙抬腳跟了過去。

繞到樓梯後面，我發現牆上有一扇鐵門。鐵門緊閉著，上面沒有把手，只有一個鎖眼。想要開門的話，必須要有鑰匙才行。我掏出王軍身上搜獲的鑰匙串，一一插進去嘗試，卻都不能打開鐵門。

看來，這鐵門的鑰匙只有林子傑自己才有。我只好在門上摸索著，發現門上沒有任何凹陷或裂縫，不可能用蠻力把它掰開。

我站在鐵門前，猶豫著該不該離開。這時，卻聽到鐵門裏面傳來一陣「咯吱吱」的聲響。

這種聲響很熟悉，我立刻想到了那個撓牆壁的女人。難道，這鐵門裏也有一個女人正在撓鐵門？我蹲下身，趴在鎖眼上向裏面窺視，只能看到一片血紅色。

「喀啦」一聲脆響突然傳來。我全身一緊，向側面一躍，迅速躲到柱子後面，偷偷伸頭向鐵門方向望去。

我發現鐵門已經打開了一條縫。但是，過了好一會兒，鐵門後面卻沒有人走出來。

我瞇眼看過去，看到了一個白色人影籠罩在一片血色迷霧之中，正站在門縫向我這邊看著。她用滿是烏血的手抓著鐵門的邊框，側頭露出半張臉，眼睛是一個黑色窟窿。

鐵門慢慢地被推開了，發出「吱呀」的駭人聲響。我緊緊地盯著鐵門，直到門完全打開，卻發現門後的走道亮著藍白色的燈，而那個女人的身影已經消失了。

怨氣太深，便可化形。如果我沒有猜錯，應該是那個女人的怨氣幫我打開這扇鐵門的。她在引導我去某個地方。

這種情況我不是第一次遇到，在苒紅塵的古墓裏，就曾經有一個白飄把我們引進了墓主真正的墓穴之中。

我不再猶豫，深吸一口氣，一手捏著陰魂尺，一手握著打鬼棒，進入鐵門後的走道。

走道的盡頭，分為左右兩個岔道，岔道的兩側都有幾扇鐵門。這些鐵門和剛才進來的那個不一樣，上面與人臉齊高的位置開著小窗，下方靠近地面的地方也開著一個小洞。

監獄！這裏是監獄！林子傑的十字大廈裏怎麼會有監獄呢？

「嘿嘿，怎麼樣，今天你想我了沒有？小母狗？」左邊的一個鐵門裏，傳來了林子傑淫笑的聲音。

我心裏一驚，連忙彎腰躬身，小跑到那扇鐵門外面，伸頭從上面的小鐵窗向裏看去。

鐵門後面是一個狹小的房間，沒有窗，後牆放著一張單人床，床邊就是便池。一個穿著銀白色連衣裙的長髮女孩，正縮身在床上的角落坐著，滿眼驚恐地望著站在床前的林子傑。

林子傑背著手，瞇眼陰笑著：

「陰年陰月生，呵呵，你要知道，你算是幸運的了，一個月才取一次。你隔壁的那個是陰年陰月陰日出生的，要每天取一次，最後她受不了想自殺。嘿嘿，你知道她最後是什麼下場嗎？」

林子傑上前用手指勾起那個女孩的下巴，冷冷地看著她：

「我把她的雙眼挖了出來，當下酒菜了。我一邊給她放血，一邊慢慢地玩她，我讓她在無盡的痛苦中流乾血死去，做鬼也不得解脫。怎麼樣，你是不是也想試試？」

「不，嗚嗚，我，我不想，求求你，放了我吧，你要我做什麼都可以，我都願意。」女孩哆嗦地說著。

林子傑滿臉陰冷地說完話，眉頭一皺，一巴掌將女孩抽倒在床上，一把抓住她的頭髮，左右抽了十幾巴掌，打得她口鼻出血、臉頰浮腫，這才一把將她丟開，冷聲道：「你給老子聽好了，老子花了三年時間，砸了這麼多錢，好不容易才找到三陰處子。等你過了十八歲，就放你出去，還會給你一大筆錢。」

「嗚嗚嗚，嗚嗚嗚——」女孩伏在床上只顧著哭泣。

「別他媽的浪費了，給老子過來！」林子傑冷喝一聲，又抓著女孩的頭髮，將她的腦袋拖到床邊，從床底下拖出一個臉盆，放在女孩的臉下面，一邊接著女孩鼻孔裏流出的鮮血，一邊冷哼道：「今天就不割手腕，也不拿針筒抽了，就從鼻子流吧。他媽的，給老子多流點！」

林子傑一記勾拳砸在女孩的鼻子上。「唔，哇——」女孩雙手推著床板，鼻子裏不停流血。

我心裏一顫，退後一步，然後沿著房間看過去，發現每一個房間裏都關著一個女孩，一共有九個房間。每個鐵門上都標著數字，標「一」的有三個，標「二」的有五個，標「三」的只有一個，是一個五六歲的小女孩。

我終於明白林子傑為什麼要做這麼慘無人道的事了。他為了修煉血眼瞳力，需要陰氣很足的處子之血。而為了得到符合條件的血，他秘密關押了這些女孩子，不斷從她們身上抽血。

林子傑已經不是人了，而是連畜生都不如的惡鬼！不管他是否真的想爭奪陰陽師門的掌門人之位，他都是一個非殺不可的人！

我捏緊陰魂尺，彎下腰，在鐵門上敲了幾下。

「咚咚咚——」我縮身到鐵門一側，靠牆站著，只等林子傑開門出來。

「是誰？」裏面傳來林子傑疑惑的聲音。

「哼，裝神弄鬼，門外的人給老子聽著，我已經看到你了，出來吧！」林子傑想引我出去，我當然不會上當。

見沒人應聲，林子傑轉身去取血了。我又用尺重重砸了幾下鐵門。

「噹噹噹——」林子傑不耐煩地一把將女孩丟開，走過來「咚」一腳踹開鐵門，閃電般搶身出來，手裏倒握著一把尖利的匕首，朝我身上劃來。

我沒想到這傢伙行動如此敏捷，判斷如此準確，心裏一驚，連忙抬起手裏的尺一擋，身子一側，拉開了和他的距離。

「王軍，是你?!」林子傑眉頭緊皺，滿臉驚愕地看著我。

「呵呵，董事長，是我。」這時，我才想起來，我現在的臉是王軍的樣貌，於是淡淡一笑，鎮定地答道。

「你幹什麼？為什麼會在這裏？」林子傑冷眼看著我。

「董事長，我，我只是好奇，很想進來看看，我馬上就走。」

「站住！」林子傑一晃匕首，擋住了我的去路，冷笑道：「你以為我不知道？哼哼，你已經投靠鬼手了是不是？你想來暗殺我，對不對？」

我心裏一動，立刻想到一件事情，冷笑一聲道：

「董事長，你說得沒錯。你也知道，這些年我一直想學點真本事，但是你卻推三阻四，從來都不教我，只把我當狗使喚。你不能怪我背叛你，要怪就怪你自己小氣，一直壓著我！」

「你這混蛋，我不是給你錢了嗎？你還想要什麼？」林子傑疑惑地看著我。

「錢，錢有個屁用！你以為我要的只是錢嗎？我要的是權力，是地位，你給過我嗎？你看看人家鬼手，一過去就給了我一件寶貝，而且還教了我一套厲害的招法。哼，董事長，你不能怪我了。」

我抬起陰魂尺，迅速向林子傑點去。

「哈哈，就憑你剛學了不到兩天的功夫，也想贏我，真是可笑！」林子傑滿臉不屑，匕首一橫，擋開了陰魂尺，接著手腕一轉，匕首如同毒蛇一般，閃電般向我的小腹刺來。

我連忙滿臉狼狽相地向後倒退，抬眼驚恐地看著林子傑。

「嘿嘿，王軍，你應該知道叛徒的下場是怎樣的。哈哈，很好，你居然敢背叛我，還想殺我。怎麼樣，現在你有什麼想法？」林子傑把我堵在牆壁前，滿臉冷笑地看著我問道。

「董事長，對不起，我錯了，我現在想明白了，我還是跟著您好，求求您，饒了我吧，我保證，保證一輩子忠心跟著您，求求您不要殺我。」我一臉驚恐地討饒。

「哼，想讓我放了你，哈哈，好啊，放了你！」林子傑冷笑著向我走來，顯然已經放鬆了警惕。

我微微瞇起了眼睛，心裏冷笑起來。他終於上當了！

林子傑走到我面前，我手裏的陰魂尺迅疾直插向他的左眼！

面對血眼，我其實並沒有十足把握將他擊敗，在修為方面我是比不了他的。如果讓他從容爆發出血眼的陰力，我可能會瞬間失去意識。我現在是王軍，而王軍在血眼的眼裏，不過是一條呼來喝去的狗。他根本就不會提防王軍。

我已經盤算好了，就算這一擊不能廢掉他的一隻血眼，只要尺能夠碰到他的皮膚，也可以抽取他的生命，對他造成重創。我這一招極為狠毒，我要一擊致命，讓他無法翻身。

沒想到，林子傑突然一扭頭，陰魂尺只戳進了他的眼角，然後向後劃去，在眼角和耳朵之間劃出了一道口子。

「唔——」林子傑抬手一捂傷口，急速向後閃身退去。他果然很強悍，被陰魂尺戳中後，居然只是面色變得青白了一點兒，咬牙喘息了幾口氣，就恢復正常了。

我沒有停頓，手一甩，陰魂尺又向他的下顎斜劃去。

林子傑的身手果然了得，在這種情況下居然還可以閃躲，避開了陰魂尺。我不覺冷哼一聲，尺往回縮時，雙腳早已躍起，向他的胸口踹過去。

「砰」一聲悶響，林子傑口吐鮮血，整個人彎成弓形，向後倒飛了出去。我雙腳的蹬踹之力絕對不下千斤，中了這一記攻擊之後，他就算不死，也已經重傷了。

不待跌落在地上的林子傑爬起來，我落地後再次飛躍而起，向林子傑衝過去。

林子傑這時單膝跪地，一手撐地，一手捂著胸口，表情極為痛苦。很顯然，他內傷極重，短時間內根本就沒有還手的能力。

去死吧，吸血惡魔！我怒吼道。

我沒有想到，就在我距離林子傑不到三米時，這傢伙猛一抬頭，瞪著血紅的眼珠子向我看過來，發出了一聲怒吼。兩道陰冷的黑氣突然從他的瞳孔中噴薄而出，瞬間將我籠罩起來。

我頓時感覺一陣天旋地轉，大腦像遭了一記悶棍，轟隆隆亂響，身體也失去了平衡，有些站不住了。我感到周圍陰風陣陣，吹得皮膚發麻，許多鬼影淒厲尖叫著向我襲來。

「噗——」強烈的暈眩讓我忍不住一彎腰吐了出來。

當我再次抬頭看時，才發現我已身處在一個黑暗虛無的空間。

在我的前方，似遠又似近的地方，有一雙巨大的三角血眼正冷冷地盯著我。我的心都顫抖了，想要移動手腳，卻根本動不了，我完全被這雙血眼控制住了。

「嘿嘿嘿，小子，讓你見識見識我真正的威力。在我的血眼鬼域之中，時間空間都是由我控制的。我可以讓你在一秒鐘裏覺得像一萬年那麼長。你就受苦吧，在血與火的深淵裏煎熬吧，哈哈哈哈——」一個低沉凶狠的聲音傳來。

我感到有無數利劍從四面飛來，貫穿了我的身體。我如同吊線木偶一般，直愣愣地站在原地，承受著渾身劇痛，口鼻中噴出了許多鮮血，身體似乎都要被撕碎了，內臟似乎也被剁爛了，意識模糊起來。

好強的瞳力，比薛寶琴的瞳力強大了幾千倍，可以瞬間迷惑心神，陷入無盡痛苦的幻象中，真是太驚悚了！

「為了讓你好好品嘗我這血眼鬼域的味道，我為你安排了豐富的節目，你就慢慢享受吧！萬箭穿心之後，是火燒全身，哈哈哈——」

隨著那陰沉的聲音落下，我只感覺全身上下一陣的灼燒，睜眼細看，發現我已經變成了一個火人，全身都冒著黑煙，火焰燒得我的皮膚劈里啪啦炸響。噬魂的灼燒之痛在全身蔓延，我扭曲著身體掙扎，求死不能，求生不得。

我的意志在烈火灼燒之中，開始消弭和崩潰，最後已經打算放棄抵抗，甚至準備求饒了。

「哈哈，接下來，萬蟲蝕骨！」

我頓時又覺得全身爬滿了不停蠕動的蟲子。我看向自己的身體，只見在燒焦的皮膚下，有無數隻蛆蟲正在往肉裏鑽騰。牠們一直鑽到了我的骨頭上，鑽進了骨髓中。

這個時候，我開始感覺不到身體了，在唯一還沒有覆滅的意識之中，就只剩下那雙血紅的眼睛了。在那雙眼睛裏，我看到無數陰魂正在掙扎號叫著。

我的身體搖搖欲墜，已經站在深淵的邊緣，只要我一閉眼，馬上就會一頭栽下去，陷入無盡的黑暗中。

我該怎麼辦？我緊咬牙關，艱難地挽留最後殘餘的一絲意識，支撐著這具千瘡百孔的軀體，同時努力思索對抗血眼鬼域的辦法。

現在林子傑用血眼之力將我控制住了，但是，釋放血眼之力時，他自己也不能移動。他只能等對方在血眼之力的折磨下支撐不住，昏迷過去，才能進行斬殺。我絕不能放棄，要千方百計堅持住，和他拼耐力。我們兩人之中，肯定有一個人要死在對方手中。

我下定決心要殺掉林子傑；我相信，林子傑也決心要殺掉我了。

時間一分一秒地流逝，我的精神壓力也在不斷加劇。我感到窒息，如同被扔進油鍋裏烹炸，渾身的肉都熟透了、發脆了。

我緩緩地閉上了眼睛。在放鬆的一剎那，感覺是那麼舒坦、輕鬆，什麼事情都拋到了腦後。

「哈哈哈——」低沉的聲音再次傳來，勝利在望了，他很開心！

等等！這個白衣女子是誰？

我從眯眼的縫隙之中，赫然看到一個長髮披肩、身材瘦高的女人出現在我面前。她滿臉是血，眼睛的部位只有兩個血窟窿。她面無表情，微微抿著嘴，幫我擋住了那雙血眼。

血眼被她擋住之後，我立刻感覺全身舒暢，失去的知覺又回來了。

「哈哈哈，天作孽，猶可恕，自作孽，不可活！」我緊握雙拳，仰天大笑起來。

「什麼？這是怎麼回事？」那雙血眼驚疑地問道。

「林子傑，這一次，你的死期真的到了，不是我要殺你，而是你殺死了你自己！」我怒吼一聲，拔出陽魂尺，腦海中頓時一陣陰風呼嘯，我雙目之中噴射出兩道金光，全身也迸發出強烈的罡風氣場，瞬間將圍繞在我周圍的黑暗驅散了。

我又回到了狹窄的甬道中，周圍是牆壁和鐵門，在我面前不遠的地方，林子傑正緊咬著牙齒，瞪著一雙血紅的眼睛怒視著我。他腳下的地面流了一大灘血。

原本他已經快要打敗我了，但是，在最後關頭，有人打破了他的血眼鬼域，把我解救了出來。

我冷眼看著滿臉暴怒的林子傑，冷冷一笑，抬腳向他走去。現在，我已經不著急了。剛剛經歷過陽魂尺的罡風洗禮，怨氣衝擊，此時就算是再凶戾的陰魂，也無法上我的身了，林子傑更是無法控制我的心神。我有充足的時間慢慢陪他玩，把他玩死。

「該死！」林子傑用手捂著胸口，滿眼恐懼地看著我，放緩聲音道：「小王，你聽我說，我們沒必要這樣的，我沒有虧待過你。只要你願意收手，你想要什麼，我就給你什麼，好不好？我可以把天部頭領的位置讓給你，我讓你當老大。萬事好商量，小王，咱們合作這麼多年，實在沒必要弄到這一步。」

「哼，我要什麼，你就給我什麼？」我嘴角一撇，冷冷地問道。

「是的，金錢、名利、地位、女人、實力，一切都給你，只要你饒了我的命，都是你的。」林子傑連忙說道。

我冷冷一笑，正想說「我就要你的命」，就在這時，我的眼角一動，看到側面牆角站著一個穿著白衣、兩眼都是血窟窿的女人。

我眉頭一皺，說道：「我只要你給我一樣東西，給了我，我就放過你。」

「什，什麼東西？」林子傑滿臉驚恐地看著我。

「眼珠子，我要你那雙眼珠子！你要是把眼珠子挖出來給我，我立刻放了你！」

「這，這怎麼可能，我，我不能沒有眼睛，我不能……」林子傑驚慌地向後退去，縮到了牆角，他咬牙看著我說道：「你，你休想要我的眼睛，我不會給你的，除非我死了！」

「哼，你可以死，我沒有不讓你死，不過，你那雙眼珠子我是要定了！」我一步步逼近林子傑。

「啊！」林子傑無路可逃，大叫一聲，抬起匕首向我刺過來。

我一閃身躲了過去，手裏的陰魂尺向下一切，「喀嚓」一聲脆響，已經砍斷了林子傑的腕骨。

「啊——」林子傑面容扭曲地怪叫著，緊握手腕，全身一陣抽搐，蹲到了地上。

「哼，本來我想讓你自己挖出來的，但是，你很不自覺，看來只有我自己動手了。」我彎腰從地上撿起了林子傑丟下的匕首。

去。

「啊，救命啊——」林子傑趁著我彎腰的當口，一下跳了起來，大叫著向外逃

我冷哼一聲，飛身追到他背後，一腳將他踹倒在地，接著跟上一刀，捅在他的大腿上。

「啊——」林子傑全身一挺，情狀痛苦無比。

「你現在如果還能跑的話，那我真要佩服你了。」我一腳踩在他大腿上的刀口上，狠命地擰著，讓他疼得全身哆嗦，臉色發紫。我這才收起陰魂尺，伸手抓起他的頭髮，將他的臉扳正，將他的一隻眼珠子挖了出來。

「啊——」林子傑掙扎著，號叫著，能動的那隻手死命地捂住另一隻眼睛。

我冷笑一聲，手裏的匕首寒光一閃，就將他的那隻手斬斷了。

「啊——啊——啊——」林子傑不停慘叫著，噴著鮮血的斷臂揮舞著，如同一隻怪異的蟲子一般。

我手裏的匕首又插進他的眼窩，毫不猶豫地將他另一隻眼珠挖了出來。

「哼，好了，你自由了，我不會再為難你了。」我把匕首一丟，任憑林子傑在地上翻滾號叫，轉身回到走道，將所有鐵門都打開了。

「你們自由了，都出來吧，跟著我，我帶你們離開這裏。」我拍著手，對那些

女孩喊道。

這些女孩已經被折磨得麻木了，她們不敢相信真的獲得自由了，猶豫半天之後，她們才伸頭出來看了看，怯生生地縮著肩膀走出來，站在我面前，滿臉驚疑地看著我，連話都不敢說。

我點了一下人數，發現少了兩個，連忙跑進剛才林子傑取血的那個房間，將那個女孩抱了起來，招呼外面的女孩給她止血包紮。這個女孩因為失血過多，已經昏迷了。

我又向那個標著「三」字的房間走去。走進房間，我發現那個小女孩正驚恐地縮身蹲在牆角，全身不停地哆嗦。

「啊，不要過來，不要過來，不要吃我——」見到我，小女孩尖聲叫起來，小手驚慌地揮舞著。

「小妹妹，不要怕，哥哥帶你出去，你現在安全了。」我向她伸出了手。

小女孩還是驚恐疑惑地看著我。

「壞人已經被我打死了，咱們現在要趕緊逃出去，不然就來不及了，走吧，跟哥哥一起走，來，我抱你。」我伸手將女孩抱了起來。

來到拐角的甬道裏，我看到那幾個被我放出來的女孩，正在驚恐地看著地上掙扎號叫的林子傑。

一個比較大膽的女孩抬頭向我看來，問道：「他，我們可以，可以殺他嗎？」

「隨便，把人頭給我留著就行。」我微微一笑，抱著小女孩從她們中間穿過，捂著小女孩的眼睛，說道：「小妹妹，別怕，沒事的，哥哥帶你出去。」

這些女孩們互相對望著，接著瘋狂地撲了上去，像是從地獄裏釋放出來的冤魂一般。

我站在甬道的另一頭，把小女孩的眼睛緊緊捂住，靜靜地看著她們，直到林子傑死了之後，才對她們說道：「把他的頭切下來，拎著，跟上我撤離，時間不多了，你們要想獲得自由，就聽我的指揮。」

我帶著她們一路來到王軍的辦公室，把懷裏的小女孩放下來，走到櫃子前，將昏迷的王軍從裡面拖了出來。

「把他綁起來，嘴巴也封上。」我把王軍往地上一丟，又對女孩們說道。赫然見到兩個王軍，這些女孩都驚愕地看著我。

「快一點行動！」我冷聲喝道。她們這才反應過來，連忙七手八腳地捆綁王軍。

我找來一遝報紙和寬膠帶，把林子傑的頭顱包了起來，放到一個行李箱裏。然後我拖著王軍進了林子傑辦公室，把他丟進地下室。

我沒有殺王軍，因為他罪不至死，而且他在商業領域是一個奇才。這些年，如果林氏集團沒有他，絕對不會發展得這麼快。

我把林子傑辦公室的門關好，回到王軍的辦公室裏，撥了直通保安室的電話，說道：「立刻送六套制服上來，速度要快！」

不一會兒，門鈴響了，我把門打開一條縫，接過衣服，又關上門。我轉身看著六個滿身血污、衣衫凌亂的女孩，就讓她們重新回到林子傑浴血修煉的地下室，指了指牆邊一排淋浴間，說道：「你們趕緊沖洗一下，換上衣服。」我把衣服放到衣架上，獨自回到王軍的辦公室。

我在辦公桌後坐下來，悠閒地點了一根雪茄，才撥了二子的電話，說道：「搞定了，你開車到大樓門口等著，有個女孩受傷了，需要送醫院。」

我從容地控制了整個林氏集團。林子傑不在，「王軍」就是這個集團的最高領導，他的命令就是林子傑的命令，沒有人敢反對質疑。

第七十七章

智奪掌門

原本，我對陰陽師門深懷恨意，
但是，現在我已經跟玄陰子講和了，
而我又是身懷陰陽雙尺的師門嫡系傳人。
這掌門之位，捨我其誰？
風水輪流轉，現在，是時候拿回本該屬於我的東西了。

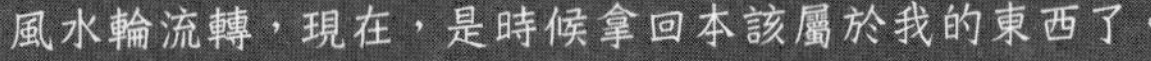

這時，那六個女孩已經洗完澡，換好衣服出來了。我這才發現，她們都長得很清秀。

我指著地上躺著的那個受傷昏迷的女孩，對她們說道：

「等下你們把她送到醫院去，要把她照顧好才能離開。我這裏有一張支票，你們拿著，等她傷勢好了，付完醫藥費之後，你們把錢分掉，各自回家。」

我從王軍抽屜裏拿出支票本，填好後，交給那個比較大膽的女孩：「好了，你們可以走了。記得直接坐電梯下去，門口有人接你們。」

我又對這些女孩之中樣子最老成的一個說道：「這個小女孩，你帶著她，幫她找到爸媽，把她送回家。」

這些女孩很順從地抬著傷患，拉著小女孩，出門去了。

我走到窗邊，看著二子叫了兩輛計程車，加上他自己的車，帶著那些女孩離開了，這才鬆了一口氣。我回身把放著林子傑人頭的行李箱拎起來，轉身出了辦公室。

我坐著電梯下到三樓，來到最先進來的那個辦公室，把那個女人放開了，裝模作樣地詢問了一下事情的經過，也簽了一張支票給她，讓她回家好好休息。

來到一樓，我叫來一個保安，讓他把他們的頭兒陳邪叫來見我。

沒多久，一個穿著西裝、瘦削精幹的年輕人來到我身邊，低聲問道：

「王總，有什麼吩咐？」

陳邪是林氏集團總部大廈的保安部部長，二十九歲，當過特種兵，是一個非常厲害的角色。他也是陰陽師門天部的副首領，在道上有一個響噹噹的名號——邪風。據說陳邪和林子傑的關係很好，兩人一明一暗，將集團和師門管理得井井有條。但是，根據我手上的情報，陳邪其實是玄陰子的關門弟子之一，號稱三少爺，是玄陰子安插在林子傑身邊的耳目。

陳邪顯然沒有識破我的偽裝，我對他點頭微笑了一下，把行李箱遞到他手裏，說道：「帶上這個，跟我走。」我邊說邊向外走去，對門衛揮手道：「把董事長的車開過來！」

我轉身看著陳邪，問道：「知道我們要去哪裡嗎？」

「不知道。」陳邪詫異地看著我。或許，他以前從未見過王軍如此有氣勢地和他說話，所以他對「王總」今天的表現有些疑惑。

「去秋月堂。」我沉聲道。

「去那裏？幹什麼？」陳邪一驚，有些焦急地問道。也難怪他會這麼吃驚，秋月堂是地部的總部。

「談判。」我掏出雪茄點上，也給他遞了一根：「如果談判成功了，以後你就是林氏集團的董事長，而林氏集團，也將變成陳氏集團。」

「這個，王總，我不明白你的意思。」陳邪立刻意識到事情的嚴重性，已經想去摸腰裏的傢伙了。

「陳邪。」我側頭看著他，說道：「你不會是想要維護林子傑吧？別人不知道你的身分，我可是很清楚你。我告訴你吧，我現在的一切行動，都是掌門的意思，你明白了嗎？」

「師父？師父他老人家回來了嗎？」陳邪驚疑地問道。

「這個你就不要問了。我讓你看一樣東西。」我將掌門敕令掏出來，說道：「我是代掌門，全權處理這次的爭鬥。你現在可以相信我了嗎？」

「由你全權處理？這怎麼可能？」陳邪看了看掌門敕令，沒有發現破綻，卻還是很疑惑：「你有什麼本事處理這個事情，你的等級還不夠。」

我冷笑一聲，盯著他說道：「你想考我？」

「如果你願意的話，我樂意奉陪。」陳邪瞇眼一笑，從腰裏掏出兩根雙節棍，居然真的想和我打一場。

我不禁一皺眉頭，說道：「我打不過你。」

「你知道就好。」陳邪嘴角一撇，眼神之中充滿得意。

「原本這掌門敕令就是要交給你的，我只是代為接收，並且秘密執行掌門的一個命令。」我把掌門敕令遞給陳邪，附到他耳邊低聲道：「掌門覺得林子傑野心太大，而且修行之法陰毒無比，已經走火入魔，不可再留，傳令讓我秘密處決他。我已經把他幹掉了。」

「什麼?!」陳邪一驚，滿臉驚愕地看著我：「你，說的是真的？」

「沒錯，是真的，掌門的命令就是這樣的。他讓我扶你上位，讓你做代掌門，全權負責與地部的談判事宜。掌門說了，這些年，地部的人幹活累、分錢少，怨聲載道，讓你上位之後，把三分之一的產業讓給他們。」我眯眼看著陳邪，拍了拍他的肩頭：「掌門說了，他相信你有這個能力和魄力，他希望你能妥善安撫地部的人，使得師門重新團結起來。」

陳邪微微皺起眉頭，拿著掌門敕令，沉思起來。我沒有催促他，靠著大門，悠閒地抽著菸，靜靜地等著他的回答。

這時，林子傑的車開來了，我對司機揮了揮手，讓他們等著。

「林子傑的屍體在哪裡？」陳邪問道。

「身體在上面的密室裏，腦袋在行李箱裏。」我微笑道。

「好。」陳邪點了點頭，「那你接下來還有什麼任務？我來處理這件事情的話，你充當什麼角色？」

我微微一笑道：「當然是當你的助手。你讓我做什麼，我就做什麼，現在，整個天部，你說了算。」

「那就好，現在，我要給你下幾個命令。」陳邪滿臉興奮地說道。

「您請講。」我微笑道。

「第一，立刻通知血手，上樓把林子傑的屍體妥善處理，安撫他的家人。第二，立刻召集所有三陰弟子，讓他們隨我一起前往秋月堂。」陳邪深吸了一口氣，神情很凝重。

北城的早春，給人一種晚秋的錯覺。夜色深沉，陳邪一邊開著車子，一邊不時回頭看一下旁邊座位上的那個行李箱。他早就打開看過裏面的林子傑人頭了，但是，他顯然不相信，「王軍」居然能夠單槍匹馬地幹掉這個玄門高手。

陳邪通過後視鏡皺眉看著我，而我也微笑地看著他。

這時，手機響了，我伸手接了起來，發現是血手打來的，就問道：「事情處理得怎樣了？」

「屍體已經銷毀了，連血跡都沒有留下。」電話裏傳來一個低沉的聲音。

「那就好，你們趕緊召齊人，趕往秋月堂待命，準備隨時支援陳董事長。」我說道。

「好的，王總。」血手有些遲疑地說，「王總，我發現了一個非常詭異的事情。」

「呵呵，是不是在密室裏，又看到了一個王軍？」我笑問道。

「什麼?!」電話裏的血手倒是沒有太大的反應，開車的陳邪卻一聲冷喝，猛地一個急剎車。

「吪——」跟在後面的十幾輛汽車也都緊急剎車，停了下來。

「王總，您在聽嗎？」血手問道。

「嗯，我在聽，那個人的事你不用管，我回去之後會處理的。你們只要按照掌門的指示，做好自己的事情就行了。」我掛了電話，立刻迎上了陳邪那足以殺死人的陰翳目光。

「你不是王軍！你到底是誰?!」陳邪冷冷地看著我問道。

「呵呵，我是不是王軍，其實無所謂。我只問你，掌門敕令是不是真的？掌門他老人家的筆跡和暗號，你應該認識吧？」我瞇眼看著陳邪。

陳邪神情一滯，再次掏出掌門敕令仔細地看，確實沒有發現什麼問題，這才鬆了口氣，轉身看著我問道：「是師父他老人家讓你這麼做的？」

「當然。」我好整以暇地笑了一下，說道：「你可以懷疑我，但是你不能懷疑掌門他老人家，不然的話，我相信，會有下一個我出現。」

陳邪不覺臉色一變，怔怔地說：「你放心，我是絕對不會背叛師父的。」

「那就好，你只管按照命令去做。其他的事情，不需要你管。我這張臉，是為了迷惑和接近林子傑，等這件事情一結束，我就會離開，不會再干涉你們的事情。」我吐出一口煙。

「好吧，我相信你。」陳邪有些遲疑地說，「我，我可以知道你是誰嗎？」

「不可以，就算知道了，對你也沒有好處。」我皺眉道。

陳邪徹底放棄了弄清我身分的想法，隨即話題一轉道：「師父他老人家現在怎麼樣了？他在哪裡？」

「掌門現在很好，他在哪裡，我也不知道。他是高人，神龍見首不見尾。」我微笑道。

「那我們和地部的人講和之後，人部那邊要是不服，怎麼辦？」陳邪問道。

「不是就你們天部和地部在鬥嗎？你們和解了，人部怎麼會不服呢？」我不覺有些疑惑地問道。

「看來，你也不是很瞭解我們的情況啊。」陳邪微微一笑，一邊啟動車子，一邊對我說：「其實，從一開始，這場爭鬥就是因為人部從中挑撥，才會發生的。」

「你說什麼？」我不覺心裏一驚，隱隱地感覺自己之前的預測可能要成為現實了。我一拍大腿，嘆道：「再晚一步的話，還真要中了他們的奸計了。」

「你說什麼？」陳邪扭頭問道。

「我要安排一件事情。」我飛快地給二子撥了一個電話過去。

「喂，什麼事情？」電話裏傳來二子興奮的聲音，很顯然，他正和那些女孩子打得火熱。

「很重要的事情，你現在立刻回南城，幫我辦一件事情。再晚一步，可能就來不及了。」我沉聲道。

「什麼事情這麼著急？」二子問道。

「後院起火。你去幫我打掃一下。」我說道。

「要怎麼打掃？有妖怪怎麼辦？」二子問道。

「秘密潛回，全部控制住，如有反抗，格殺勿論。記住，老龍王要留下。」我皺眉道，「重點要保護好老龍王，我還要跟他借定海神針。」

「行了，明白了，你放心吧，我現在就出發，明天天亮之前，肯定幫你打掃乾淨。」二子掛了電話。

我這才鬆了口氣。

「家裏出了點事情。」我抬頭看了看陳邪，鎮定地說道。

「不錯，這切口不錯，就算是道上的人，也聽不太明白。」陳邪微微一笑，「你還沒告訴我，人部那邊要怎麼辦呢？」

我深吸一口氣，給陳邪遞了一根菸：「你先說說人部的情況吧。他們為什麼要挑撥你們爭鬥？他們有什麼企圖？主事的人是誰？」

陳邪微微一笑，說道：「人部主事的人，當然是金環和銀環了。師父他老人家失蹤之後，有一天，金環和銀環把我們召集了過去，說是門派不可無掌門，建議在血眼和鬼手兩個人之中選一個人當掌門。血眼和鬼手當場就幹上了，從此就鬥起來，誰也不讓誰，雙方損失都很大，金環和銀環卻一直在旁邊看戲。你說說，他們想要做什麼？」陳邪瞇眼笑問道。

「他們想坐收漁利？」我皺眉道。

「應該是吧。」陳邪笑道。

「那血眼和鬼手難道就不知道這是陰謀嗎？」我沉聲道。

「知道又怎麼樣？難道就不爭了嗎？如果不爭了，那不就是拱手把掌門讓給對方嗎？」陳邪無奈地嘆道，「形勢所迫，他們也沒有辦法。」

「那金環銀環有沒有採取過什麼行動？」我繼續問道。

陳邪哼笑一聲：「他們帶著手下的人，不知道跑去哪裡了，說是去找師父，最後卻什麼音信都沒有。就在今天上午，他們又出現了，給血眼和鬼手送信，說馬上就要召開師門大會，推選新掌門，還說新掌門的人選，師父他老人家已經物色好了，到時會向大家出示信物和證據，一定要讓大家都心服口服。」

在陳邪的帶領下，載滿天部精英成員的車隊緩緩駛離了北城市區，向位於城北的一片山林開去。那片山林起伏連綿，在這寒風料峭的季節裏，萬葉落盡，光禿禿的枝條在風中搖擺晃動，發出嗚嗚聲響，更添寂寥的氣息。

出了城，上了一條山道，天上的雲層不濃不淡，一輪下弦月從雲層裏露出來，青白如鐵，淡淡的輝光照著大地。山道兩邊都是稀疏的楓樹林，此時紅葉已盡。

「注意看山上的燈火，那是地部的崗哨。」陳邪低聲提醒道。

「會不會有什麼問題？」我皺眉道。

「問題肯定是有的，就看要怎麼解決了。」陳邪笑道，「鬼手不是傻子，他不會輕舉妄動的，師父也不會放過他的。」

「你有信心得到他的信任嗎？」

陳邪聳聳肩道：「我入門之後，一直和鬼手一起修行，我很瞭解他，他對師父絕對忠心。我相信，只要你說的話是真的，他一定會信任我們的。」

「好，我有一個計畫要和你商量一下。」我心裏的一顆石頭總算是落了地。

車隊到達了山頂。山不高，有一片古建築，正是地部的總部。對外，這裏叫秋月寺，而在師門內叫秋月堂。在秋月堂門前，早有一群和尚站在那裏等著。

陳邪和我一起下了車。在到達以前，陳邪已經打電話給鬼手通報過，所以，接頭的工作進行得很順利。但是，鬼手似乎要試探我們的膽量，只允許我和陳邪兩個人進去。

陳邪眉頭一皺，有些遲疑地看著我，問道：「你覺得怎麼樣？」

我微微一笑道：「放心吧，龍潭虎穴我都去過，到寺廟裏進個香，還嚇不倒我的。」

「那我們進去吧。」陳邪回身對天部的人員說道：「天亮之後，我們還沒出來的話，你們就攻進去。」他說完，率先抬腳向前走去。

見到陳邪做事果斷，我不禁暗暗點頭。我們在那些和尚的陪同下進了寺院。

這時已是後半夜，西天的月亮照下來，寺院裏一片清冷寂寞，牆角幾棵松樹在山風中簌簌輕響。

「請這邊走。」領路的和尚帶我們繞過大殿，來到了後堂。

進了後堂，我們又從禪房的小隔間裏打開一道隱蔽的小門，進到後院。後院面積很大，有一片菜地，中間還有一口水井。在靠右邊的地方，有一排低矮的茅屋，其中一間亮著油燈。

那個和尚領著我們到了茅屋門前，輕輕地敲了敲門，就轉身離開了。

「進來吧。」房裏傳來一個低沉渾厚的聲音。

陳邪和我對望了一眼，推門走了進去。

這是一間僧房，一床一被一桌一坐墊，青燈黃卷，簡陋冷清。一個穿著黃色僧袍的胖大和尚正盤坐在桌前，低頭看著面前的經卷。

我仔細打量著這個和尚，他大約四十來歲，胖得像彌勒佛一樣，眉眼慈祥的樣子，實在讓人無法把他和鬼手這個名號聯繫起來。

「師兄。」陳邪上前裝模作樣地雙手合十道，「最近可好？」

「好個屁！」和尚說起話來卻粗魯得很，他抬眼看了看陳邪，冷哼一聲道：

「你小子行啊，把血眼幹掉了。」

「這是師父的意思啊，要不然，你以為我敢動他？」陳邪把行李箱打開，把林子傑的人頭推到和尚的面前：「喏，你現在應該相信我了吧？」

「拿開，我不看這個。」和尚揮了揮手，又問道：「掌門敕令呢？」

陳邪把掌門敕令遞到和尚手裏。和尚接過去看了看，點頭道：「不錯，哼，好吧，算你過關了，坐吧。」和尚把掌門敕令還給陳邪。

「嘿嘿，你這地方也沒有可以坐的東西，我們就站著說吧。」陳邪訕笑了一下，把我推到前面。

「你就是師父他老人家派來的特使？」和尚抬頭看了看我，「怎麼稱呼？你這臉皮倒是蠻像的，看來你準備得很充分啊。」

「叫我方曉就行。」我笑道，「我們現在可以談事情了嗎？」

「有什麼事情，儘管談吧。」和尚把經卷推到一邊，瞇眼看著我說：「我想聽聽你們有什麼安排。」

我微微一笑，走到桌子旁邊，盤膝坐下來，對陳邪招了招手，讓他也坐下。我說道：「這次的事情，掌門讓我全權處理。他老人家有重要的事情要辦，無法親自來處理。」

和尚冷笑了一聲，瞇眼看著我道：「師父的記性不太好了吧？」

我不由得一怔，隨即釋然了，知道事情都瞞不過他，訕笑道：「現在雖然不太好，但是很快就會恢復的。」

「那就好，你能保證他老人家沒事嗎？」和尚問道。

「我派去的人已經在路上了，天亮之後就會有消息了。」我說道。

「太慢了，等人到了，人家都已經轉移了。」和尚瞇眼道。

我不覺一愣，有些疑惑地問道：「你的意思是說，金環銀環他們派人跟蹤我？」

「你以為他們在天部和地部之中沒有眼線嗎？」和尚微微笑道：「如果我沒有猜錯的話，自從你和陳邪碰頭，你們的行動應該都在他們的掌握之中。」

我心裏一驚，問道：「他們想做什麼？」

和尚說道：「如果師父還在他們手裏，那麼，不管誰做掌門，他們都會掌管天部和地部。而人部嘛，自然是他們的死黨擔任首領。這樣一來，他們就完全掌控了師門。他們原來就準備把我和血眼剷除掉的，現在血眼先走了一步，接下來，應該就輪到我了。」

「那你還這麼淡定？」我皺眉道。

「不淡定又能怎麼樣？他們以師父的名義對我下命令，讓我去參加選舉掌門的大會，難道我能不去嗎？」和尚淡淡一笑。

我皺眉沉思道：「我的計畫，是讓陳邪擔任天部首領，讓他們讓出三分之一的產業，歸你們地部經營，人部那邊不做調整。」

「如果金環銀環非要推選你做代掌門，然後誅殺我和陳邪，他們取而代之呢？」和尚眯眼問道。

「如果他們真敢這樣做，我會親自處決他們。」我冷冷地說。

「你別忘了，師父還在他們手裏。」和尚端起茶，喝了一口。

我微微笑道：「現在應該不在他們手裏了。」

「師父現在對誰都不信任，剛才我的人傳來訊息，說他老人家已經打傷了好幾個人，我估計，那邊也撐不了多久。」和尚看了看我，「這件事情結束之後，你還是儘快回去，把他老人家交給你，我才放心。」

「嗯，事情一結束，我立刻趕回去。」我點了點頭，「那這個事情，就這樣定下來了。明天正常參加會議，到時候我會宣布決定，如果金環銀環有什麼異動，你們要做好準備。」

「這個你放心。」陳邪皺眉道，「等下你要去哪裡？」

「他要回去演戲。」和尚微微一笑。

「是的，我要回去演戲。」我點了點頭，起身向外走去。

從秋月寺出來，我和陳邪分道而行。我獨自開著車子駛進市區。我給二子打了電話，向他說明了情況，讓他先不要打掃後院，在暗處伺機而動。

我回到金環銀環藏身的莊院之前，摘掉了面具。金環和銀環一起迎了出來，自然是一團和氣，對我很關心。

我應付了一下，問他們下一步計畫。

金環彙報道：「明天午後，在師門總部召開大會，我們已經給血眼和鬼手傳了訊息，只要他們來了，我們就動手。把他們幹掉後，我們就宣布你是代掌門。你看怎麼樣？」

「不錯，」我微微一笑，「不過血眼來不了了，他已經被我幹掉了。」

「啊？」金環銀環故作驚訝地看著我，良久才對我豎起大拇指：「代掌門果然殺伐果斷，我們佩服。」

「好了，都休息吧，馬上就天亮了，我先去睡覺，到時間了再來喊我。」我一邊往裏走，一邊問道：「南城那邊沒什麼情況吧？」

「沒有，請代掌門放心。」金環連忙答道。

我點了點頭，知道和尚鬼手深藏不露、行事嚴密，轉移玄陰子的時候，並沒有驚動金環銀環的人，或者根本就沒有給他們發出訊息的機會。鬼手不愧是玄陰子真正信得過的人，其實，整個師門都在他的監控之下。

我躺到床上，腦子裏還在想著明天的事。原本，我對陰陽師門深懷恨意，玄陰子和我是對立的，但是，現在我已經跟玄陰子講和了，而且這個老傢伙對我相當依賴，而我又是身懷陰陽雙尺的師門嫡系傳人。這掌門之位，捨我其誰？風水輪流轉，現在，是時候拿回本該屬於我的東西了。

午後兩點，我和金環銀環一起前往映月山莊，進入大堂。金環和銀環告訴我，他們已經在四周埋伏好了人手，隨時可以要了鬼手的命。

我這副真面目，陳邪和鬼手是不認識的，但是，他們知道我給他們的暗號。陳邪帶了許多人過來，讓王軍做他的副手，王軍顯然還不明白發生了什麼事情，懵懵懂懂地跟在陳邪身後。

陳邪進來之後，看了金環和銀環一眼，沒有說話，走到自己的位子上坐下來。他不經意地向坐在中間的我看了看，我對他微微點了點頭，算是打招呼。

鬼手來得最晚，我一看到他，差點沒笑出聲來。他穿了一身黑色西裝，戴著墨鏡，儼然一副黑社會老大的形象，與昨晚的他判若兩人。

金環起身，對眾人說道：「最近這段時間，掌門不在派中，某些小人居然借機生事，企圖奪占掌門之位，真是不自量力！」

金環忽然眼神一冷，對手下人一揮手，指著鬼手說：「來人啊，把這個欺師滅祖、殺害同門的叛徒，給我拿下！」

眾人都是一驚。

「哼，誰敢動我？」鬼手一撤身，冷眼看著金環說道。

「我就敢動你！」金環咬牙下達了命令：「把鬼手拿下，誰敢阻擋，格殺勿論！」

金環的手下都拔出武器，衝了上去，將鬼手等人包圍了起來。

第七十八章

陰煞鬼宅

我抬頭看了看玉嬌蓮的別墅，
卻赫然發現別墅上空居然飄蕩著一層氤氳的黑氣。
陰煞之氣，這宅子鬧鬼！我心裏一緊，覺得事情不對勁，
決定繼續守在她的別墅外面，趁她不在的時候潛入，一探究竟。

道。

「哈哈哈——」鬼手突然一陣大笑，猛然回身看著金環說：「我有何罪？」

「你野心勃勃，企圖爭奪掌門之位，你心狠手辣地殺死了血眼！」金環冷笑道。

我和鬼手、陳邪不覺都是一愣。沒想到金環會來這麼一招。我連忙站起身，想要澄清這個事情，金環卻根本不給我機會，繼續振振有詞地說：

「血眼師兄一直是我們師門的頂梁柱和功臣，是掌門親自任命的天部首領，現在，他就這樣不明不白地死在某些野心家的手裏，讓我們如何能夠不恨？鬼手，今天你休想從這裏逃掉！除了你，根本沒人能殺得了血眼師兄！」

「血眼是我殺的！」陳邪這時站了起來，舉手大聲道。

「陳邪！」金環一轉身，冷笑道：「你這個叛徒，我問你，你是不是勾結鬼手，殺了血眼師兄，就為了佔據血眼師兄的位置？鬼手是凶手，你就是內奸和幫凶，你們聯手害死了血眼師兄，你們都是師門的罪人，誰也別想跑掉。來人啊，把陳邪也拿下！」

金環一聲令下，一夥全副武裝的人奔了出來，把陳邪也包圍了。陳邪和鬼手滿臉凝重地和包圍他們的人對峙著。他們沒有得到我的暗號，還不敢行動。

這個時候，局勢已經完全一邊倒了。金環搶在我承認殺人之前，說誰殺了血眼誰就是師門的罪人，就是想要封住我的嘴，讓我沒法承認這個事情。畢竟我是他們要推舉上位的代掌門。現在，只要我不阻止他們，接下來，他們就會除掉鬼手和陳邪，然後扶我做個傀儡掌門，由他們實際掌管師門。

銀環帶著幾個人，已經圍在我的旁邊，看似是在保護我，實際是要控制住我，讓我無法干擾他們的行動。

「哈哈哈，好，好，好！」在劍拔弩張的大廳裏，我爆發出一陣張狂的大笑聲，吸引了所有人的目光。金環和銀環疑惑地向我看過來。

「哈哈哈，好，好，好啊！」鬼手也跟著我大笑起來，臉上是揶揄的神情。

「嘿嘿嘿，確實很好，很好！」陳邪也嬉笑起來。

金環和銀環轉著眼珠，他們意識到情況有些不對。

我眉頭一皺，冷哼一聲，從腰中抽出了陰魂尺，鼓起陰尺氣場，四下一掃，就把周圍的人掀開，接著我抬手一槍，向金環打去。

「砰！」槍聲響起，眾人都是一哆嗦，不敢再動彈了。

金環被我一槍穩穩打中後心，滿臉驚愕地倒在地上，伸手無力地向我指來。銀環回過神來，向我衝了過來。

「都不要動，誰動就打死誰！」我冷喝一聲，抬槍指著銀環的腦袋。

武功再強，也怕手槍。這種近距離瞄準的情況下，由不得銀環不害怕。

「你想做什麼？」銀環冷眼看著我問道。

「做我該做的事情。」我側頭對陳邪和鬼手示意道：「收繳他們的武器，全部綁起來。」

陳邪一聲呼哨，外面立刻衝進來一大群人。想必金環和銀環埋伏在外面的那些人，也忌憚他們勢大，不敢輕舉妄動。

局勢瞬間逆轉了。原本我並沒有對金環和銀環下手的意思，他們肯定也以為我不會臨陣反戈一擊。

陳邪和鬼手帶來的人迅速控制了局面。銀環知道大勢已去，不覺哀嘆一聲，無力地癱坐在地。

金環面容扭曲地瞪著我，說道：

「你算個什麼東西，也敢在這裏指手畫腳，我告訴你，你敢亂來，我陰陽師門定會讓你死無葬身之地。」

「哼，說得好。」我坐回中間的位置，對陳邪點頭道：「三少爺，你可以宣讀掌門敕令了。」

陳邪微微一笑，走上前來，從懷裏掏出掌門敕令，大聲宣讀起來。

「掌門敕令的內容很明確，從現在開始，方曉就是我們的代掌門。掌門不在的時間裏，門派中的所有事務，都由他全權處理。」

陳邪畢恭畢敬地將掌門敕令交到我手上。

對於陳邪的話，金環和銀環的手下自然是沒有異議的，他們本來就知道我是代掌門，他們心中疑惑的，只是不知道我為什麼會對付金環和銀環。而陳邪和鬼手的手下，自然是聽命於他們，也不會有什麼異議。

眾人向我行禮完畢，我讓他們坐好，然後讓人把金環和銀環帶上來。金環的傷勢很重，已經昏迷不醒了。銀環被帶上來後，還一直在鼓動他的手下對我動手。

我淡淡地笑了一下，看著金環和銀環的手下，說道：

「我還欠你們一個解釋。其實，這次的事情，都是金環和銀環想掌控整個師門，故意挑撥鬼手和血眼內鬥引起的。他們是在得知掌門失去了記憶的情況下，才去找到掌門的。他們的目的，就是趁此機會控制整個陰陽門派。」我冷冷地瞪了銀環一眼：「你們是不是到了現在，還想用掌門的性命來要脅我？」

「哼，你知道就好，我告訴你，雖然你現在占了上風，但是你不要忘了，掌門還在我們手裏。那邊如果得知了這裏的消息，就會採取行動！到時候，你就是殺害掌門的罪人！」銀環陰狠地瞪了我一眼。

聽到他的話，眾人終於確信到底是怎麼回事了，不覺都齊聲討伐他們。

「哼哼，人不為己，天誅地滅，誰沒有野心？我沒有背叛師門，我和師兄辛辛苦苦為師門打拼這麼多年，也該我們上臺了。這次，如果不是你，」銀環瞪著我，「方曉，如果不是你從中作梗，我們早就成功了，我們會把師父接回來養老，讓他安享晚年。而我和師兄會讓師門發揚光大，越做越好！」

我微微一笑道：「難怪你們會失敗，那邊早就被我們控制住了，你知道嗎？不信的話，現在你打個電話過去。」我把手機丟到銀環面前。

銀環不敢置信地拿起手機，撥通了一個號碼，聽了之後頓時臉色大變，猛然抬手將手機向我飛砸過來，然後轉身向外飛躍出去。

「躺下吧，孫子！」一道寒光閃過，一把飛刀準確地命中了銀環的腿彎。

銀環悶哼一聲，捂著腿倒在地上。鬼手這才走了過來，說道：

「銀環，其實你們一開始挑撥我和血眼的時候，我就知道你們想做什麼了。我之所以一直容忍你們，那是因為師父他老人家一直下落不明。不過，現在我們已經有了新掌門，那我就沒必要對你們留手了。除了你們和血眼，根本就沒人想要爭奪這個掌門之位！」

鬼手手裏的寒光又是一閃，劃過了銀環的咽喉。

「稟報代掌門，我已經處決了銀環，現在該怎麼辦，還請掌門示下。」鬼手轉身拱手問我。

「把他們兩個安葬了，安撫他們的家屬。另外，將人部所有人員釋放。」我揮了揮手，下達了命令。

「那，我們的人員安排——」陳邪這時走上來，有些遲疑地問我。

「產業分配按照原來的計畫執行。從現在開始，你就是天部的首領，鬼手掌管地部，人部由我直接管理。人部的首領，投票選舉。」我讓旁邊的人準備投票箱和紙筆。

我就這樣迅速重組了陰陽門派。我終於替姥爺拿回了本該屬於他的東西。

人事安排完畢，唯一剩下的問題，就是對於人部新首領的安排問題了。人部是歸掌門直接領導，負責聯絡天部和地部，管理整個門派事務，是維持這個門派的存在和運行的關鍵所在。

我原本以為，當選的人會是在場人員中的一個，但是，陰陽師門所有在場的人都一致推選了同一個人，而這個人並不在場，她的名字叫丁五，師門裏的人都叫她五姑娘。

我對這個人並不瞭解，她為什麼擁有這麼高的威望，連陳邪和鬼手都推舉她呢？她顯然不是等閒之輩。

我招手將陳邪和鬼手叫了過來：「五姑娘是誰？」

「這個，這個，您得問師父他老人家。」陳邪訕笑道。

「我現在就問你們。」我冷眼看著他說。

陳邪有些尷尬地摸了摸腦袋，看了看鬼手，問道：「二師兄，能說嗎？」

「說吧，都已經選出來了，你不說，代掌門怎麼任命她？怎麼去找她？」鬼手微笑道：「代掌門，老五是我們的師妹，目前不在門派裏，這話說起來可就長了。代掌門，您看，是不是先讓兄弟們散了？」鬼手瞇眼說道。

我這才反應過來，一揮手道：「大家散了吧，沒事做的，原地待命。」

經鬼手和陳邪說明之後，我才大概瞭解了五姑娘的情況。五姑娘今年二十歲，生得貌美如花，是玄陰子的掌上明珠。丁五是玄陰子撿來的女兒，入師門的時候才九歲，跟隨玄陰子學藝七年出道，江湖人稱玉嬌蓮。出師之後，玉嬌蓮出國學習了四年，回國後在一個外商公司上班。

我不禁對這個女人很好奇，是什麼樣的女人，才能稱得上溫潤如玉、嬌豔如蓮呢？

「她為什麼沒在師門裏？」我又問道。

「這個事情，其實二師兄比我清楚。二師兄，你來說吧。」陳邪向後縮了縮。

鬼手和尚聳了聳肩，有些無奈地說：

「五師妹從國外回來後，進了人部，負責師門的產業拓展計畫。她說要讓師門發揚光大，就要拓展海外分部，進軍國際市場。她還制定了詳細的企劃方案，準備好好大幹一場。只可惜，當時金環和銀環不給錢、不給人，什麼事都不配合，把她晾在一邊。當時師父身體不好，他老人家想支持五師妹也力不從心。所以，五師妹一怒之下離開師門，到了一個外商公司工作。據說，她到了那家公司後，幹得很不錯。」

鬼手訕笑道：「聽說，那個公司老總的兒子也是從國外回來的，現在正死追五師妹呢。代掌門啊，我覺得，其實，咱們小師妹和您挺配的。」

我心裏一陣好笑，當做沒聽見這句話，說道：

「既然如此，那就麻煩你們去請她回來擔任人部首領吧。你們告訴她，只要她願意回來，整個師門都交給她掌管，她想怎麼做都可以，我不會干涉的。」

我本以為這麼說會讓鬼手和陳邪滿心歡喜，沒想到，他們都在擠眉弄眼地看著我，似乎有什麼難言之隱。

「怎麼啦？你們這是什麼意思？」我問道。

「嘿嘿，代掌門。」鬼手湊到我的面前，瞇眼說道：「小師妹走的時候說過，要想她回來，除非八抬大轎抬她回來才行。你說，這年頭哪兒還有八抬大轎啊。所以，我就琢磨著，除非是辦婚禮，才有可能用上這個東西。所以呢，我覺得，您是不是考慮一下？」

我總算明白他們的意思了，不禁眉頭皺了起來。我知道，鬼手和陳邪其實是為了我好。玉嬌蓮在師門的威望高，我想要坐穩這個代掌門的位置，順利接手整個陰陽師門，最好的選擇，當然是娶了玉嬌蓮。但是，我和玉嬌蓮並不認識，最重要的是，我心裏不願意。

請玉嬌蓮回來主持大局，我很同意。但是，我還太年輕，需要做的事情還很多，而且身為陰陽師門陽支的唯一傳人，我要謹遵姥爺的訓誡，保持童子身，這樣才能保證我陽氣鼎盛。一旦結婚，元陽必泄，到時候會有什麼後果，我都不敢想像。

我淡淡笑道：「就算我願意，人家也不一定樂意。就算她樂意，我也不想現在結婚。我們都太年輕，談論這個事情為時過早。這樣吧，你們先請她回來，我們再慢慢談這個事情。」

鬼手和陳邪對望了一眼，點了點頭，接著一起看著我說道：「要請的話，還得您親自出馬，我們是請不動的。」

「什麼意思？」我皺眉問道。

「她現在混得那麼好，我們有什麼理由請她回來呢？而且，五師妹因為上次我們沒有支持她，一直記恨著我們。我們不去還好，一去就會被她直接罵回來了。您不知道她的脾氣，除了師父之外，所有師門裏的人，她一概不理。」鬼手說道。

「她這麼彪悍？」我有些疑惑地問道。

「可不是嗎？她是師父的掌上明珠，師父把最得手的功夫都傳給她了，她能不厲害嗎？哎，代掌門，這個事情，我們是真的沒有辦法。」鬼手把一份文件遞到我的手上，瞇眼笑道：「所有資料都在這裏。她現在住在哪裡，喜歡去哪兒消磨時間，有幾個閨中密友，都調查清楚了。」

我接過文件翻看起來，這說明鬼手對這件事，果然是早有預謀的。不過，我感到奇怪的是，資料雖然很詳細，卻沒有一張照片。我問道：「有照片嗎？」

「只有一張。代掌門，我們除了入門的時候拍過照片之外，基本上都不拍照的。」鬼手掏出一張發黃的老照片，遞到我手裏。

我接過來一看，照片上是一個身材瘦弱、眼睛很大的小女孩，只有七八歲的樣子，身邊還領著另一個六七歲大的小女孩。

「哪一個是她？」我疑惑地問道。

「大的那個，小的那個是她妹妹，當時師父把她們都撿了回來，後來小的病死了。」鬼手有點傷感地說，「為了這個事情，小師妹幾天沒吃飯，後來還自殺過。姐妹倆從山裏逃出來，一路討飯過活，感情很深。」

我點了點，說道：「看來她是一個很重感情的人。不過，你給我這個照片，讓我怎麼認她？她現在完全變了樣了吧？」

「樣子是變得完全不一樣了，這照片其實沒用。不過，有一個辨認她的辦法。自從她自殺之後，小師妹的右邊眼角有一條小小的疤痕，大約有一指長，彎彎曲曲的。平時她上妝的話，不是很明顯，但是仔細看的話，還是能看出來的。」

「好吧，這個人部首領的位置，能不能找其他人先暫時幹一陣？你們就沒有其他合適的人選了嗎？」

「沒有了，小師妹很有能力，是最合適的人選。」鬼手無奈地嘆了一口氣，「代掌門，您去請小師妹回來，我們整個師門都是您的後盾，聽您調度。這些年，師門雖然表面上蓬勃發展，但是由於管理落後，再加上林子傑揮霍無度，底子早就空了。現在也就剩個架子了。再不找個得力的人回來整治一下，我看過不了幾年都要喝西北風了。」

我不覺皺起了眉頭。讓我感到為難的是，我不知道如何去說服玉嬌蓮回來，更不知道如何才能打動她。

按照鬼手的說法，她唯一還有所牽掛的人，就是玄陰子。要是讓她為了玄陰子回來，或許還有點可能。但是，這不是我想要的結果。我心裏只希望她是為了我才回來，讓她成為我的人。因為只有那樣，我才能真正掌管這個陰陽師門。

「好吧，那這個事情，就這麼定了，由我出面去請玉嬌蓮回來，你們都先回去忙吧。具體的情況，聽我命令就行了。」我說著話，將鬼手和陳邪送了出去。

原本，我只是為了平息門派鬥爭而來到北城的，那麼，我現在就可以打道回府，去逼問老糊塗，當年到底發生了什麼事情。可是，當我來到這裏之後，我的目的也跟隨我所做的事情，發生了一些改變。我現在已經不是單純的想要幫助玄陰子平息門派爭鬥了，更多的，是為了姥爺，是為了我自己。

陰陽師門原本就屬於我的姥爺，我現在已經拿回來了。既然拿回來了，那就是自己的東西，那我就要把它經營好。我不能讓這個師門毀在我的手裏。不但不能毀，我還要讓它變得更好，那樣才能證明，我來做這個門派掌門人，是合適的，是稱職的，是無可爭辯的。

正是因為這個原因，我決心請回玉嬌蓮。

今天，我又來到了玉嬌蓮上班的英奇大廈下面。這已經是我第三次來這裏了。英奇大廈，是英奇對外貿易集團公司的總部，地處北城內三環商業金融中心地帶，占盡風水地利，背倚一片商業貿易區，面臨兩條寬闊的馬路，大廈前有一片大廣場，停滿了各色豪車。雖然陰陽師門產業多樣，但是和英奇集團比起來，所有的資產還買不下這一座高達九十層的大廈。

我在英奇大廈對面的咖啡廳裏守了三天，第一天沒有見到玉嬌蓮，第二天中午的時候，見到她來去匆匆的身影，身邊有一大堆人。今天是週六，根據我的調查，週六的下午，玉嬌蓮都會獨自回家，然後到她住的別墅對面的公園散步。

這是她堅持了很久的習慣，就算是出差在外，週六下午她也會特地趕回來，雷打不動。這個奇怪的習慣的確讓我很好奇。

下午兩點四十五分，玉嬌蓮果然單獨出現了。她緩步出門，我這才看清了她的樣貌。

她身材高挑，大約有一米七，再加上高跟鞋，絕對可以俯視我。她今天穿著一身粉白色套裝，西裝短裙緊緊裹著美腿，天鵝一般的脖頸上繫了一條銀紅絲巾，真是風姿綽約。

玉嬌蓮的車子是一輛黑色賓士，很張揚，有個性。她向車子走去時，拿出手機接了起來，說話的時候在皺著眉。她打電話的當口，我出了咖啡廳，也向自己的車子走去。

我的車距離玉嬌蓮的車不到五十米，我很容易就聽到了她的聲音。

「你不要來，我要回家了。今晚也不想外出，吃飯改天吧。再見。」玉嬌蓮掛了電話。

就在她剛拉開車門的時候，只聽急促的剎車聲傳來，一輛橘色藍寶堅尼跑車一個甩尾，從廣場的邊上漂移進來，停在離她不到三米遠的地方。

跑車停下後，車門和車子上蓋一齊打開，一捧紮成心形的殷紅玫瑰花露出來，在玫瑰花的旁邊，是一張很燦爛的笑臉。

那是一個二十來歲的男子，相貌普通，但是眼神很犀利，笑起來給人一種假假的感覺。他穿著一身黑色西裝，上衣的口袋裏還插著一支紅色玫瑰。他看著玉嬌蓮，對她晃了晃手機道：

「沒有時間吃飯，但是，讓我幫你把這一車鮮花送到你家，總可以吧？」

「不用，謝謝，這些花不是我的。」玉嬌蓮面無表情地拉開車門坐了進去。

「喂喂，喂喂。」那個男子滿面著急，趕緊扒住了玉嬌蓮的車門，對她說道：「這些花是送給你的，我還沒到你家去過，我能不能去一下？」

我不覺一陣好笑。這個男人應該就是英奇集團現任執行副主席，也就是英奇集團董事長的獨生子洪玉龍了。看來，他果然在拼命追求玉嬌蓮，只是玉嬌蓮對他並不感興趣。

「那你幫我扔到垃圾桶裏就行了。」玉嬌蓮看都沒看洪玉龍，冷冷地回了一句。

「這些花是我從歐洲空運過來的，你，你就不能看一下嗎？這是我的一片心意啊，你看一眼再走吧，好不好？」洪玉龍一臉可憐相。

玉嬌蓮側頭看了看洪玉龍，微微一笑，抓起洪玉龍的手，將他向後推了推，說道：「你的好意我心領了，如果你覺得可惜的話，幫我把這些花分給公司裏的女孩們，我想她們會很開心的。」玉嬌蓮說完，一踩油門，車子衝出廣場。

我也慢慢地啟動了車子，遠遠跟了上去。我聽到洪玉龍大罵了一句，接著，後視鏡裏飄起了一片殷紅。這傢伙把那些玫瑰花摔撒開去，看來被氣得不輕。

見到這個情況，我禁不住心裏一陣的好笑，竟然隱隱有一種暢快感，沒想到，無形之中，我居然早已希望看到這樣的結果。

其實，前兩天我去過玉嬌蓮的別墅，她那兩天都有事沒有回去。原本，我想趁她不在的時候，進入別墅查看一下的，但是，我又擔心如果事後被她發現了，會對我產生反感，所以打消了這個念頭。

我一路尾隨玉嬌蓮來到她的別墅，看著玉嬌蓮把車開進院子，我才在路邊停車，向對面的公園走過去。從公園的大門進去，我用了半個小時把公園轉了一圈，熟悉公園格局之後，回到了大門口。

我在心裏推算了幾條玉嬌蓮可能走的路線，又踩了幾個點。

我回到車子裏，把準備好的幾本玄門古書拿出來，又回到公園，在玉嬌蓮必經之路上的一個顯眼位置坐了下來，假裝認真地看了起來。

我把風衣和帽子脫下來，放到了椅背上。為了今天的會面，我認真梳了頭髮，還戴了一副金絲眼鏡，穿著嶄新發亮的皮鞋。我這副打扮出現在這個人少的公園裏，想不醒目都難。

四點半的時候，玉嬌蓮的身影出現在公園大門口。她顯然剛洗完頭，臉色紅潤，換了一身淡色長裙，正緩緩地走過來。

我心裏有一點兒得意，我看的這些書，她不可能不感興趣，來吧，美人，上來搭訕吧。

讓我大跌眼鏡的是，玉嬌蓮從我面前一米遠的地方走了過去，只留下一陣香風，看都沒看我一眼。我現在能體會到洪玉龍的心情了。

有些意外，有些無奈，我丟下書，站起身緊跟幾步，和她並肩向前走著，一邊走一邊問道：「喂，我是不是隱形人？」

玉嬌蓮抬眼看了我一下，說道：「隱不隱形，對我來說都一樣。」

「什麼意思？玉嬌蓮小師妹？」我看著她眼角的那條小疤痕問道。

「噢，你是來找我的是吧？」玉嬌蓮停下腳步，「你就是方曉吧，剛剛當上代掌門，對不對？恭喜你啊，師父他老人家的眼光不會錯的，希望你以後多為師門做貢獻。」

玉嬌蓮說完，抬腳繼續向前走去。

我感到驚奇，又有些欣慰，覺得和她的距離拉近了不少：「你就不想和我說點什麼？」我跟上去問道。

「說什麼？是讚揚你計謀高超，除掉了金環銀環，還是誇獎你為了吸引我注意，故意設計的這個會面？」玉嬌蓮又將了我一軍。

我心想，這個開頭似乎不是很好啊。在來這裏之前，我以為她對我是一無所知的，正準備讓她對我感到好奇。沒想到我失算了，這個女人其實一直密切關注著師門的動態。那我今天的這些舉動，就顯得很拙劣了。

自嘲的笑容浮到臉上，我無奈地嘆了一口氣道：

「那麼，我來找你是為了什麼事情，你肯定已經知道了吧。」

「我不知道。」玉嬌蓮說道，「師門的消息，都是三師兄通報給我的。他知道我擔心師父的安危，所以會不時提供我一些資訊。」

「原來是這樣，這個陳邪還真是夠逗的。」我訕笑了一下，「實話和你說吧，我是來請你回去主持大局的，請你擔任人部的首領，負責整個師門的產業營運以及市場拓展，你可以盡情施展才華和抱負。」

「呵呵，我為什麼要回去？」玉嬌蓮輕笑道，「你走吧，現在是我的私人時間，換作平時有人來打擾我，我早就不客氣了。和你說這麼多話，已經是給你面子了，算是謝謝你幫我照顧師父。但是，你再待下去，我可就按捺不住火氣了。」

我不禁胸口一悶，差點憋成內傷，深吸了好幾口氣後才緩過神來，不覺抬手對她的背影豎了豎中指。

「你覺得你這個舉動很隱蔽，是嗎？」

我的中指還沒來得及放下，正在走路的玉嬌蓮忽然停下，對我說了一句。

「什麼舉動？」我有些心虛地收回了手指。

「你知道嗎，豎中指只有那些沒有水準的人才會做。你是師門的代掌門，一言一行都要注意身分。你好自為之吧。」

但是她壓根兒就沒有回身啊，難道說，她背後長眼？真是高人啊。

我被她說得一愣一愣的，好半天才說道：

「你要是不回去的話，這個師門，我想不毀都難。」

「隨便你。」玉嬌蓮冷哼了一聲，根本就不理會我的請求，抬腳就走。

「出師不利，哎。」我無奈地嘆了一口氣，準備先撤退，來日再試。

走到公園大門口，我有些不捨地抬頭看了看玉嬌蓮的別墅，卻赫然發現別墅上空居然飄蕩著一層氤氳的黑氣。

陰煞之氣，這宅子鬧鬼！

我心裏一緊，緊跟著又是一喜，覺得與玉嬌蓮的接觸可以繼續下去了。但是，我轉念一想，又覺得事情不對勁。

玉嬌蓮是玄陰子的掌上明珠，盡得玄陰子真傳，修為比鬼手和陳邪都高，她不可能不知道自己住的宅子鬧鬼。既然她知道，她又為什麼還要住在這裏呢？她就算喜歡這兒的風景，那住進來之後，為什麼沒有清除陰煞之氣呢？

我和玉嬌蓮的第一次會面，以失敗告終，但是卻讓我對她更加感到好奇。這個千嬌百媚的女人，現在徹底勾起了我的興趣。我決定繼續守在她的別墅外面，趁她不在的時候潛入，一探究竟。

這麼明顯的陰煞之氣，玉嬌蓮不可能不知道，那就只有一個解釋，這鬼氣和她有關係，甚至很有可能，那鬼氣就是她製造的。她或許和林子傑一樣，是一個修煉陰力的人，很有可能也是一個嗜血狂魔。如果是這樣的話，我就不可能請她回師門了。

夜幕降臨了，四周一片昏暗，路燈亮了起來。

我把車子停到遠離玉嬌蓮別墅的地方，徒步走回來，在別墅斜對面的一叢灌木裏躲了起來。我檢查了手裏的數位相機，今晚我要拍一張玉嬌蓮的照片。

這次行動，陳邪給我準備了一大堆先進的軍用裝備，紅外線夜視儀、高倍望遠鏡、手槍，甚至連攀爬玻璃牆的吸盤和潛水設備都有。

這時，我見到玉嬌蓮雙手抱在胸前，從公園裏走了出來。初春的夜晚風大，她身上的衣衫單薄。

「呼呼——」一陣陣夜風吹來，路邊的樹叢沙沙輕響，玉嬌蓮長髮飄飄，裙擺輕動，她慢慢地走著。

我將相機對準她，等到她走到路燈下時，按下了快門。「喀嚓」一聲輕響，我忘了關閃光燈！我迅速把相機收回來，整個人縮身到樹叢下，一動不動。

幸好玉嬌蓮距離我很遠，又正好有一輛車子從她身旁經過，所以她沒有注意到閃光燈，也沒有發現自己被偷拍。

看著玉嬌蓮進入別墅，我一直等到樓上的燈光亮起，這才輕輕起身，拿著相機一路回到自己車裏。我迅速啟動了車子，心裏很是竊喜。嘿嘿，我倒要看看，以後她看到這張照片會是什麼反應。

我一邊開車，一邊打開相機螢幕，翻看剛剛拍的那張照片。一看之下，我不禁「嘿啊——」大叫出來，一哆嗦，手上的方向盤一鬆，車子向側面橫衝過去，猛地撞到迎面駛來的一輛貨車上了。

我只覺得車子突然移位，我的身體猛地撞到車門上，然後隨著車子翻飛出去，重重地甩到了路上。

「匡噹匡噹，咯吱——」我的轎車在地上連續翻滾了兩圈才底朝上地停下來。我的胸口被方向盤卡死了，肋骨好像斷了，五臟也好像碎了，一口血水噴吐出來，接著我感覺天旋地轉，視線模糊了，我昏死了過去。

在我昏迷之前，我的手裏緊緊地抓著那個數位相機，相機螢幕上的畫面定格在了我的腦海中。那是一個臉色慘白、帶著嬰兒肥，眼神冷寂的女孩。

她大約五六歲，手裏抱著一個洋娃娃，身上穿著雪白連衣裙，長髮濕漉漉地披散著，遮住了她的半張臉。

她光著腳站在地上，直愣愣地看著我。她站得離玉嬌蓮不到兩米遠，但是，玉嬌蓮的身影卻變成了可有可無的背景。

在我猛然看到照片的一剎那，感到似乎那個小女孩就在旁邊的座位上，在盯著我。在我昏迷之中，我的面前一直有一張雪白的小女孩面孔晃蕩著。她似乎在嘲笑我，又似乎在觀察我。她成了我的夢魘，讓我頭疼欲裂，精神快要崩潰了。

當我醒過來的時候，發現自己躺在醫院病房裏，嘴上帶著氧氣罩，管子從我的鼻孔伸進來，讓我很難受。

我微微抬頭，看到病床邊上正吊著藥水瓶和血袋，移動身體的時候，發現手臂和雙腿都打上了石膏，身上也被綁了厚厚的紗布。我現在的樣子，應該就像木乃伊一樣。

「嘀——嘀——嘀——」病床旁邊擺著的儀器顯示幕跳動著，發出一聲聲輕響。

此時病房裏沒有人，素白的牆面，空蕩的空間，讓我感到很失落。我試著動了動手臂和身體，全身立刻傳來劇痛。

車禍的撞擊太猛烈了，幸虧我的身體機能超出常人，才僥倖活了下來，換成其他人，恐怕已經躺在太平間了。

我的嗓子乾得如同冒了火一般，我知道，那不是口渴，而是傷口的疼痛給我的錯覺。我深吸了幾口氣，閉上了眼睛。我需要休息，需要儘快恢復體力。

又是漫長的一覺，這一次，我終於看不到那個小女孩了，但是，我卻看到了那雙紫色的眼眸。這一次，我覺得我和她的距離又拉近了，她如同一隻精靈，在跳躍飛舞著，在暗夜中跟隨流螢的光輝，忽近忽遠，飄來蕩去。

「砰」一聲震響，把我驚醒了。我睜開眼睛一看，發現一群醫生和護士正圍在我的病床邊，討論我的病情。在他們的身後，我看到了陳邪和鬼手，他們緊皺著眉頭，臉色凝重地看著我。

「醒了，病人醒了，快通知主任，快！」一個年輕醫生興奮地對一個小護士喊道。

「代掌門，你怎樣了?!」陳邪一個箭步衝到床邊，滿臉欣喜地問道。

「死不了。」我又動了動手臂和雙腿，發現疼痛已經消失了，心裏一陣欣喜，知道身體已經恢復了，扭頭對陳邪問道：「讓他們把這些玩意兒都撤了，我要出院。你去外面訂好酒菜等著，我快餓死了。」

「啊？可是，您現在還是重傷啊，這怎麼行？」陳邪滿臉驚愕。

不光是陳邪，那些醫生護士，還有鬼手，都以為我是頭腦受傷，糊塗了，在說胡話。我無奈地笑了一下，不再理會他們，從床上坐了起來。

「啊——」兩個小護士嚇得一聲尖叫。

「快按住他！」那個年輕醫生喊道。

「陳邪，你敢按，信不信我用石膏砸死你？」我一甩手，用石膏把陳邪撞到一邊，接著抬手對著牆上用力砸了好幾下，右臂的石膏砸碎脫落了。

總算有一隻手能夠自由活動了，我深吸一口氣，暢快地大笑一聲，伸手扯掉扎在我身上的針頭，一翻身站到了地上。

「我沒事了，還不快幫我找身衣服來！」我對已經嚇傻掉的陳邪和鬼手大吼一聲，繼續清除身上的石膏和紗布。

「什麼情況？」一個老醫生帶著一群護士衝了進來。

「這個，這個病人，好像康復了。」年輕醫生結結巴巴地說。

「不可能，這絕對不可能，全身六處骨折，嚴重內出血，絕對不可能這麼快康復。」老醫生喃喃自語道。

「陳邪！」這時我已經把身上的石膏和紗布清除得差不多了，身體幾乎都光溜溜的了，我有些發火地吼了一聲：「衣服呢？」

「啊，衣服，衣服。」陳邪慌手慌腳地亂找，卻根本找不到。

「穿我的風衣。」鬼手走上來，脫掉風衣披到我身上。

我這才感覺好了一點，一路往外走。來到樓下，鬼手已經叫人把車子開了過來。我向他要了一根菸點上，才坐進車子裏，說道：

「去最近的商場，我要買一套衣服。趕緊搞點吃的來，睡了好幾天了，我餓死了。」

「我已經在酒店訂好一桌飯菜了，代掌門，要不我們先上去吃，衣服就讓手下的人去辦，我們一邊吃，一邊等著，你看怎麼樣？」鬼手問道。

「行，怎樣都行，快點，快點！」我抽了一口菸，催促他開車。

鬼手直接帶我進到酒店包間。看到一大桌山珍海味，我頓時食指大動，狼吞虎嚥地大吃起來。吃了沒多久，買衣服的人回來了。他們怕我不滿意，買了好幾套衣服。

當我從酒店裏出來，已經全身煥然一新，神采奕奕了。我又活過來了！

「代掌門，現在咱們去哪裡？」鬼手笑問道。

「讓陳邪再給我搞一套裝備，我還要去找五姑娘，你們都回去做自己的事。」

我抽著菸說，「他媽的，我還就不信這個邪了！」

「不信什麼邪？」鬼手問道。

「總之是有點邪門。那個小師妹不簡單啊，差點要了我的命，我還是第一次遇到這樣的事情。嘿嘿，有的玩了。她實在是勾起我的興趣了！」我深吸了一口氣，眼睛微微瞇了起來，大腦快速地運轉起來。

第七十九章

冰箱裏的女孩

我把冰箱門打開，低頭往裏一看，
立刻驚得悶哼一聲，向後連續退了好幾步。
我無論如何也沒有想到冰箱裏會是這個樣子。
冰箱裏沒有放任何食物，只有一個玻璃箱子。
玻璃箱子裏，赫然站著一個五六歲的小女孩。

離我上次來到玉嬌蓮的別墅，已經過去一個星期了。今夜我的心境和以前截然不同。

此時路燈昏黃黯淡，夜風時而捲起塵土飛揚。天上有一片淺淡的魚鱗雲，一輪銀白色的圓月時隱時現。今夜又是月圓夜。每次月圓夜，都讓我心裏刺痛。

我坐在車裏點了一根菸，靜靜抽完，確定玉嬌蓮的別墅裏沒有人，這才推開車門走過去。

在別墅的門口，我掐滅菸頭，一伸手扒住柵欄，翻身進了院子。院子裏種了很多花木，黑魆魆的。別墅並沒有裝監控設置，這一點是我早就調查清楚了的。

我掏出萬能鑰匙，走到別墅的大門前，很快就打開了。我輕輕地推門，閃身進去，順手掩門，才掏出一把手電筒。這種手電筒的光束很集中，只要不往窗外照，外面的人很難發現房間裏有人。

別墅一樓的大廳很寬敞，佈置簡潔。靠牆擺著電視機和音響，中間是三張大沙發和茶几。茶几上的花瓶裏，還有一枝粉色百合花。大廳右邊有一扇小門，我知道那是書房。

我瞇眼查看了整個大廳、通往二樓的樓梯，卻沒有發現任何異常情況。我不禁有些疑惑，如果這個別墅真有怪異的話，我應該可以發現陰煞眼位在哪裡才對。

我皺了皺眉，向二樓走去。二樓應該是玉嬌蓮的臥室，瑜伽房和浴室。

「咚咚咚——」雖然我儘量輕手輕腳的，還是在木質樓梯上踩出了聲響，在這寂靜的別墅裏顯得那樣刺耳。

我站在樓梯口，抬起手電筒向前照去，發現二樓有一條走廊，兩邊各有兩扇門。我來到第一扇房前，掏出萬能鑰匙，插進鎖孔之中。「喀嚓」一聲輕響，門鎖打開了，但是房門卻沒有彈開。

我把萬能鑰匙收回來，輕輕轉動門把手，將房門推開一條縫，用手電筒向裏面照，心裏登時一緊。

房間的一角，有一個黑色人頭，長髮披散，似乎是一個女人正背對我坐著。我沒有料到房間裏會有人，有些做賊心虛地閃身退了回來。

但是，被我手電筒的光芒照過，那個女人竟然沒有任何動靜。我又有點好奇，再次推開房門走進去。我這才看清楚，那只是一頂假髮，原來這個房間是梳妝間。

房間裏有一個梳粧檯和巨大的紅木衣櫃。我把衣櫃打開，裏面掛滿了衣服，沒有什麼異常。我轉身出了房間，又打開對門那個房間的門鎖。

房門「咯吱吱——」一陣刺耳聲響，自動打開了。

我抬起手電筒照去，只見房間地面上鋪著厚厚的地毯，牆角處放著一個大圓球和一架跑步機。後牆上有一扇窗戶，上面掛著輕薄的窗簾，正被風吹得微微飄動，外面的路燈光從窗戶照進來。原來這是玉嬌蓮的健身房，我又退了出來。

我轉身看著剩下的兩個房門，一間是臥室，另一間是衛浴間，如果這棟別墅裏有什麼古怪的話，最有可能出現在這兩個房間了。

我站在走廊上，感到一陣莫名的恐懼。自從進入這棟別墅，我就感覺心情有些焦躁，似乎有個人正在暗中注視著我的一舉一動，也在嘲笑我的卑劣。

我把臥室的門鎖打開。在進門之前，我把打鬼棒掏出來，緊攥在手裏。我緩緩推開房門，一陣溫潤的香氣就撲面而來，讓我覺得舒服放鬆了許多。

這是一間很溫馨的大臥室，頂上吊著水晶燈飾，窗簾是水藍色的，地上鋪著柔軟的地毯。臥室中央靠牆放著一張寬大的床鋪，床頭兩邊有小櫃子，上面放著各色小玩意兒和檯燈。床對面的牆上，有一個大衣櫃。

我發現窗簾的布料很厚實，光線根本透不出去，心裏一喜，就將床頭的檯燈打開，四下仔細查看起來。

對面的牆上還有一個架子，上面放了一些書籍和古董，還有十來個大小不一的洋娃娃。我走到架子前細看，才發現架子旁邊有一個大紙箱，裏面堆滿了小孩子的玩具。

我突然想起了那張照片裏的女孩，不禁全身一冷，接著不動聲色地抬頭四下看去。沒有看到什麼異常，卻聽到了一陣窸窸窣窣的聲音。

我側耳細聽，很快就發現，那聲音很像電視信號不好，螢幕一片雪花時發出來的沙沙聲。我不禁心頭一沉，莫非玉嬌蓮回來了？

我迅速起身，關掉了檯燈和手電筒，走出臥室，躡手躡腳地走到樓梯口，伸頭向一樓大廳看去。

果然，一樓大廳那台電視機的螢幕上一片雪花，正發出一陣陣沙沙聲。不過，大廳裏卻沒有人，燈也沒有打開，門也沒有開。

這是怎麼回事？我不覺走下樓梯，來到一樓大廳中央，疑惑地看著電視機。

「沙沙沙沙——」螢幕上的雪花不停閃動著，響聲煩亂而刺耳。

我向電視機走去，蹲下身，伸手摸索了一陣，找到了開關鍵，按了下去。

「喀噠」一聲脆響，電視機一暗，大廳裏立刻靜了下來。

在這一片黑暗之中，當我再次抬頭，向螢光屏上面看去時，赫然看到那裏不但有我的身影，我的身後還有一個白色影子，似乎是一個穿著一身白色睡裙的女孩。

她披頭散髮，面目被黑色長髮遮擋起來，看不清楚模樣。她就那麼一動不動地站在我身後，似乎在看著我，又似乎在看電視。

終於出現了嗎？這一刻，雖然我感到一陣毛骨悚然，同時卻也鬥志激揚，猛地一轉身，手裏的打鬼棒凌空就向女孩掃過去。

「啊——」一聲尖利的叫聲響起。當我收回打鬼棒，瞇眼向前看去時，只看到一個白色影子迅速向二樓飄上去，瞬間就消失在樓梯口。

「想跑？」我冷哼一聲，提起打鬼棒，大踏步上了二樓。

站在二樓走廊，我瞇眼看去，並沒有看到那個影子，知道她應該躲在某個房間裏了，再次掏出了萬能鑰匙，一口氣把所有房門都打開了，然後挨個踹開，輪番搜索。

我搜索了三個房間都沒有發現異常，最後來到臥室對面的那個房間，先前我還沒有進去過。我深吸了一口氣，瞇眼看了看門縫，發現門縫裏果然有絲絲陰冷氣息冒出來，不覺冷笑一聲，抬腳將房門踹開。

這是一個套房。進門先是一個小廳，裏面分成了三間。三個小房間都有房門，但是都沒有上鎖。我推開手邊的一間，是廚房，裏面器具齊全，擺放得很整齊。廚房的空間很寬敞，除了牆角那個大冰箱能夠藏東西之外，其他地方都無遮無擋的。

我瞇眼一看，沒有異常，就去推第二扇房門。這是浴室，貼著白色瓷磚，很潔淨，也很豪華，牆角還掛著內衣。這裏也沒有異常。

我走到最後一扇房門前，緩緩擰動門把手。這裏是洗手間，空蕩蕩的，還是沒有任何異常。

咦，奇了怪了，怎麼就不見了呢？難道藏到牆裏去了？

我退到走廊上，低頭看著地面，突然眼角一動，鼻頭一皺，發現了一個情況。那個套房裏有一絲絲陰冷氣息飄出來。我不覺心裏一動，再次推開套間房門，站在小廳裏。現在，我面前有三個門都關著，但是，它們卻顯現出不同的顏色。

浴室那扇門透著淡淡的水汽，呈現出幽藍色，洗手間那扇門顏色發黃，廚房那扇門，透出絲絲冷氣，上面泛著白霜！

「喀啦」一聲震響，我猛地踢開廚房門。

「哼！」我冷冷地掃視整個房間，終於看到那一絲冷氣是從冰箱裏散發出來的！

冰箱雖然冷，卻也不可能散發出這種帶有陰力的冷氣！古怪就出在冰箱裏。

我來到冰箱前，死死盯著冰箱門，只見縫隙裏正散發出一股氤氳的黑氣！陰煞之氣，不會錯了，終於找到了！

我一伸手，豁然把冰箱門打開，低頭往裏一看，立刻驚得悶哼一聲，向後連續退了好幾步。

我無論如何也沒有想到，冰箱裏會是這個樣子。

冰箱裏沒有格層，沒有放任何食物，只有一個玻璃箱子。玻璃箱子裏，赫然站著一個五六歲的小女孩。女孩穿著一身白色連衣裙，光著腳，手裏抱著一個洋娃娃。她的頭髮很長，披散下來蓋住了她的臉。她微微低著頭，我感覺好像她隨時會抬起頭來和我對視。

冰箱的四壁都結著冰霜，玻璃箱子也是四壁都結滿冰花，這使得小女孩的身影變得影影綽綽，有些扭曲，我不能一眼看清她的全貌。但是，我可以肯定，這是一具實實在在的屍體。

我有些無奈地嘆了一口氣。我的猜測沒有錯，玉嬌蓮和林子傑一樣，都是心理變態和殺人狂魔。

玉嬌蓮失去了妹妹，這導致她精神崩潰，心理變態，對小女孩的屍體有一種特殊的偏執和愛好。這個女孩的屍體保存得如此完好，顯然不會是她妹妹，只可能是被她活活殺死，供她收藏的無辜女孩。這個表面上千嬌百媚的女人，背地裏卻是兇殘惡毒的魔鬼！

我半蹲在冰箱前，手扶著冰箱門，靜靜地看著結滿冰花的玻璃箱子，心中泛起一陣苦澀和刺痛。這個小女孩已經死去很久了，她一直被凍著。她可能到死都不明白到底發生了什麼事情。她雖然死了，卻一直都沒有離開這棟房子。

「咚」一聲悶響從身後傳來，瞬間將我驚醒。我猛然回頭，只見門口站著一個人。

玉嬌蓮！她回來了，她發現我了！

玉嬌蓮站在門口，冷冷地盯著我，臉上沒有任何表情，拳頭卻越捏越緊。

「你，找死！」終於，她冷冷地從牙縫裏擠出幾個字，接著一抬手，一支黑色飛鏢向我的面門打過來。

我毫無懼色，閃身躲過飛鏢，把手電筒放到冰箱上面，從容地抽出了陰魂尺，冷眼看著她說道：「以你現在的行為，我就有足夠的理由清理門戶！你這個蛇蠍女人！」

「哼，等你有了這個能力再說吧！」玉嬌蓮突然從包裏掏出手槍，朝我指著。

「準備得還挺充分嘛，怎麼，你不準備用你學來的那些招數對付我嗎？」我冷笑道。

「哼，我知道你厲害，身懷陰陽雙尺，我學藝再深也不是你的對手，但是，武功再強，也怕手槍，你再敢動一下試試？」玉嬌蓮冷笑一聲，用手槍指著我說道。

「嘿嘿。」我微微側頭看了一下冰箱裏小女孩的屍體，問道：「這是你的收藏？」

「你好像對我很感興趣。」玉嬌蓮沒有回答我的問題，還是冷冷地瞪著我。

「那當然，你這麼神秘，我想不感興趣都不行啊。」我冷笑瞇眼看著她，「現在你的秘密被我撞破了，你準備怎麼辦？殺了我嗎？」

「你以為你能活著出去嗎？」玉嬌蓮走上來，用槍頂住我的胸膛：「我聽說你重傷之後，不到一周就完全恢復了，看來你確實是個不簡單的人物。我不知道，如果我一槍打穿你的心臟，你還能不能恢復過來？」

「你知道我現在是代掌門，還敢殺我？」我冷笑道，「你殺了我，整個師門都不會放過你的。」

「哈哈，你以為我會害怕他們那些軟腳蝦嗎？」玉嬌蓮嘲笑道，「我殺了你，也沒有關係。你以為自己有很高的威望，是嗎？我實話告訴你，你在他們心目中，只不過是一個暫時受到掌門委託的陌生人。你覺得他們會為了一個陌生人和我為敵嗎？他們巴不得你掛掉，然後好胡作非為呢！哼，你還在做著你的掌門美夢呢，現在我就打醒你！」

玉嬌蓮說完，忽然瞇起了眼睛，手扣動了扳機。「砰——」一聲震響，子彈脫膛而出。

但是，在她扣動扳機之前，我早已動了起來。我這一下急速移動，達到了我的速度極限。

我突然出現在她的身側，趁著她握槍的手被子彈的後座力彈起時，捏住了她的手腕，然後用力一擰，將她的手臂擰到了背後。緊接著，我的膝蓋跟著一頂，玉嬌蓮柔軟的身軀就被我緊緊地抵壓在了牆上。

玉嬌蓮的反應也不慢，被我制住之後，她單手一推牆壁，借著牆壁的反彈力，後腦勺猛地向我的面門撞過來。我不躲也不閃，頭一低，腦袋迎了上去。「咚」一聲悶響，我們兩個人的後腦和前腦硬碰撞到一起。

玉嬌蓮繼續用力掙扎，她單腳抬起，尖利的高跟向我的小腿倒踢過來。

「老實點！」我將她倒踢的小腿緊緊夾住，接著陰魂尺，猛地一個手刀，砍到她的後心上，接著一肘擊，將她死死頂貼在牆上。

「哼，哼……」玉嬌蓮無奈地掙扎了幾下，臉貼著牆，挺身不動了。

「嘿嘿，你知道我的體質和常人不一樣，你卻不知道，我的速度和力量也比常人強很多。你以為用手槍就能對付我了嗎？」我冷笑著，用力一扭她的手臂，將她臉朝下按倒在地，然後騎坐到她的身上。

「混蛋，放開我！我要讓你不得好死！」玉嬌蓮可能這輩子也沒有受過這樣的羞辱，不覺憤怒地大罵起來。

「閉嘴，我不會給你殺我的機會的。你現在還有一絲機會活下去，那就是老實交代你的罪惡行徑。」我取出腰裏的繩子，將玉嬌蓮捆了個結實，繳了她的手槍。

我提起玉嬌蓮，將她放到一張椅子上，我站到冰箱旁邊，瞇眼看著她說道：「你的嗜好比林子傑更怪，林子傑至少是為了修煉，所以囚禁和迫害那些女孩子；而你嘛，我認為，完全是心理變態，才殺了這個無辜的孩子，對不對？」

「哼，隨你怎麼說，要殺要剮，隨你便！」玉嬌蓮倔強地仰起頭說道。

我冷冷一笑，說道：「你這個態度很好。確實，既然做錯了，也不必狡辯了。你既然想死，那我就成全你。」

我從刀叉架子上抽出一把尖利的水果刀，將刀尖頂在她的脖子上，問道：「不過，我在殺你之前，還有幾個問題要問你。」

「無可奉告！」玉嬌蓮大聲道，「你動手吧！」

「不，我必須要問，你不回答也要問。」我說道，「你是玄陰子的高徒，不可能對陰煞之氣沒有覺察。那麼，你一直留著這個孩子的怨氣做什麼？是要給自己添麻煩，找刺激嗎？」

「我喜歡，關你什麼事？」玉嬌蓮瞪著我，冷冷地說。

「你每個週六下午都去公園裏散步，風雨無阻，又是為了什麼？」我對著玉嬌蓮的臉吐了一口煙氣。

「咳咳，我喜歡散步，你管不著！」玉嬌蓮還是不合作。

「最後一個問題，你一直不願意拍照，是不是因為，你知道身邊跟著一個冤魂？你還很享受這種狀態是不是？」我厲聲叱道。

「不，不，不要，不要！」讓我感到奇怪的是，玉嬌蓮不但對我的話無動於衷，還兩眼發直地盯著我身後的冰箱，嘴唇顫抖地說起了胡話。

「哼，想分散我的注意力，沒門！說，你是不是早就知道我要來這裏，所以故意外出，引我進來，然後來消滅我？你知道我殺了林子傑，對你的威脅很大，對不對？你給我老實回答！」我一巴掌抽到她的臉上。

「不要，阿蓮，不要！」

我沒有想到，玉嬌蓮對著我的身後大喊起來，接著她突然站起來，向我撲來。

「別動！」我手裏的水果刀往前一送，想把她逼回去，她卻挺著胸脯硬衝上來。

「壞了！」我連忙向後縮手，還是晚了一步，刀尖已經刺進了她的胸口。

「唔——」刀尖入肉，深達三寸，玉嬌蓮全身一震，貼身趴到了我懷裏，下巴墊在我的肩頭。

「阿蓮，不要，不要！」玉嬌蓮靠在我的耳邊，依舊聲嘶力竭地大叫著。

「對不起！」我鬆開手裏的刀，一把抓住她的手臂，費力地將她按回椅子裏，然後轉身看去，正看到一堆黑色頭髮如同觸手一般，從冰箱裏的玻璃箱子中急速伸展出來。

我心中一凜，只聽「喀嚓」一聲脆響，朝向我這一面的玻璃罩壁碎裂開來！那個五六歲的小女孩頭臉掩蓋在黑色長髮之中，周身氣場澎湃，陰風刺骨，白色連衣裙擺隨風扯動，她發出淒厲的尖叫，黑髮飄飛地站在我面前。

「啊！」撕心裂肺的尖叫聲在我的身前身後同時響起，那觸手一般的黑色長髮向我身上撲過來。而在我身後，玉嬌蓮猛然張口，一口死死地咬在我握著打鬼棒的右手上！

整個廚房此時已經是黑氣氤氳，陰風呼嘯。漫天黑髮飛舞，將我包裹了起來。髮絲勒進我的皮肉，幾乎割斷了我的脖頸。

「唔——」我悶哼一聲，全身肌肉猛地繃緊，拼命掙開了玉嬌蓮的撕咬，打鬼棒猛地向那團黑髮劈掃過去。

沒想到打鬼棒還沒來得及發力，一束黑髮已經纏裹住我的手腕，將我的手臂猛地一扯，我整個人摔飛了出去。

「噗通」一聲悶響，我重重地撞在廚房牆壁上，在上面貼了半天才跌落下來。落地之後，我感覺骨頭好像斷了，胸口一陣窒息的劇痛傳來。

這個時候，我才真正意識到了事情的嚴重性。看來，玉嬌蓮不光是冷藏女童的屍體，她是在養屍！

養屍分為兩種情況。在民間，養屍是指安葬屍體的土地對屍體有養護作用，屍體葬進土地之中，不但不會腐化，而且還會得到山川日月的精氣滋養，慢慢恢復一部分機能，最後成為殭屍。

而另一種養屍，是將屍體養在家中。這種方法極為陰暗歹毒，正道中人是極為不齒的，遇到了也會盡力清除。

這種養屍，首先要挑選合適的屍體，未出生的胎兒屍體最佳。而要獲得這種胎兒屍體，要在孕婦臨產之前進行剖腹，活生生將胎兒取出來，然後用人油淬煉七七四十九日，使得胎兒最終化為只有兩個拳頭大小的黑瘦屍體，再進行供養。

供養這種屍體，需要以養屍人的血液為食。而餵養這種屍體的好處，在於可以保佑養屍人的福祿富貴，也可以詛咒他的仇敵霉運不斷。

養屍之法也可以用已經出世的孩童為材，這時就不能用人油淬煉屍體了，只能結合養屍地的原理，對屍體進行保存和供養。這樣，年月日久，屍體也同樣會擁有極為凶戾的鬼氣，力量不可小覷。

現在，見到這個女童屍體的凶戾模樣，我就明白了，玉嬌蓮從玄陰子那裏學來的技藝就是這個。難怪玉嬌蓮不管是學業還是工作，一直都是順風順水了，原來是這具屍體在護佑著她。

現在，這具屍體爆發出凶戾屍氣，對我發動了攻擊，是因為它發現我在攻擊它的主人，所以採取了行動。

陽魂尺入手！一陣尖利的鬼魂咆哮在我耳邊響起，無數凶魂鬼影在我面前飄蕩，但是，一息之後，就如同潮水一般退去。我現在的心境修為已經遠勝從前，只要我不是身體處於很虛弱的狀態，陽魂尺的陰魂怨氣對我無法形成太大的干擾了。

嘿嘿，小鬼屍，受死吧！我手握陽魂尺，一聲冷笑，從地上站起來，一道陽尺罡風揮灑而出。

「噗——」瀰漫在房間中的黑色頭髮如同被焰火灼燒的觸角般瞬間捲曲了，向後縮回。

「哼，殭屍，就讓我來消滅你吧！」我冷喝一聲，陽魂尺凌空向女童屍體劈過去。

光影一閃，一道純陽罡氣如同利刃一般，斬開了瀰漫的黑髮，直向女童屍身上落下去。

「不要！」玉嬌蓮奮不顧身地一躍而起，擋在女童鬼屍的前方，使得我的純陽罡風愣是沒能一下子將鬼屍劈碎。

不過，彈射開來的純陽罡風還是擊中了女童鬼屍，將她臉上的黑髮都掃散開去，她的面容終於顯露了出來。

我抬眼向女童鬼屍看去，確定了我的推測。女童青面獠牙，由於長期封閉在冰箱中，她的皮膚缺氧，一片紫青色，而她的嘴裏有兩排犬牙交錯的白牙。她的指甲有十幾釐米長，已經捲曲成圈了。這正是養屍的特徵。

人雖然死了，但是屍體不腐，部分機能還在繼續起作用，屍體的頭髮、牙齒、指甲都會不停生長。女童的長髮一直拖到地上，臂彎裏抱著一個布娃娃，齜牙兇狠地瞪著我。

玉嬌蓮這時坐在地上，胸上插著刀，身上滿是鮮血，她驚恐地看著我。

「她已經屍變，不可長留，否則為禍不淺。我先收了她，再找你算賬！」我眉頭一皺，冷眼看著玉嬌蓮，再次抬起陽魂尺，冷喝道：「你不要再阻止我，否則，我不介意讓你和她一起下去！你讓開！我要消滅她！」

我緊握陽魂尺，向女童鬼屍走過去。

「咯吱吱——」女童鬼屍的獠牙咬得咯咯響，指爪也張了開來，居然想要再和我動手。

我不覺冷笑一聲，滿臉不屑地對她說：「如果你修煉個千百年，我說不定還有點怕你，可惜，你現在只不過十幾年的道行，也想和我鬥，真是不自量力！」

「求求你，不要傷害阿蓮，我給你磕頭了，我求你了，代掌門，求你饒了她吧。」玉嬌蓮掙扎著趴倒在地，哭著哀求。

「你想讓我放了她，讓她繼續為你所用嗎？你做了這麼陰損的事情，還想繼續下去，休想！」我冷聲喝道。

「求求你，我，我沒有養屍，我沒有害過任何人，她是我妹妹，是我的親生妹妹阿蓮，求求你放過她吧！」玉嬌蓮滿臉痛苦地看著我。

我渾身一滯，抬起的手臂停在半空。所有線索在我腦海中連在了一起。我終於明白了！

玉嬌蓮的妹妹死了之後，玄陰子之所以能夠勸她放棄輕生的念頭，是因為玄陰子教給了她養屍之法，讓她把妹妹的屍體養了起來。玉嬌蓮不但可以每天見到她的妹妹，還使用攝魂術將妹妹的魂魄留了下來。這麼多年，她的妹妹從未離開過她。

玉嬌蓮從來都不拍照，就是擔心她妹妹的魂魄在照片中出現。我拍的那張照片裏的小女孩，就是她的妹妹！她之所以每週六下午都要到公園散步，那是她和妹妹約定的活動。這種契約一般的約定，必須風雨無阻，一旦她未赴約，她妹妹的魂魄就會慢慢消失，再也不會回來！

我緩緩低下頭，向玉嬌蓮臉上看去。她的眼角有一道新鮮的疤痕，那是她在以血餵養妹妹的屍體！怪不得這個只有十幾年的小屍體，竟然有如此蠻橫的力量！玉嬌蓮真是用心良苦啊，但是又何其愚蠢?!

死者已矣，她卻如此煞費心機，將死者強留世間，這並非明智之舉，對於她妹妹的陰德損傷極大。從這方面講，她害了她妹妹，她真的做錯了。

「你知道你都做了些什麼嗎？」我緩緩放下陽魂尺，皺眉問道。

「我，我知道錯了，但是，我現在也沒有辦法。那時候我還小，不懂這些，只知道我捨不得她，就想盡辦法把她留下來。現在我才知道，我大錯特錯了，我害了她。可是，越是這樣，我越不敢放她離開。因為我知道，她就算離開了，也沒有好下場。我只能依靠我的力量，儘量多留住她一點時間。捱過一天是一天，我別無選擇。我只有這一個妹妹，只有這一個親人。我，我，嗚嗚嗚——」

玉嬌蓮再也控制不住悲痛，突然全身一抽，一口鮮血噴了出來，接著一翻白眼，昏倒在地。

「冤孽！」看著倒地昏厥的玉嬌蓮，我不禁在心裏長嘆。事到如今，我必須做點什麼了。

我把陽魂尺收起來，掏出一張草紙，咬破食指，在上面畫了一個符，接著一邊念著鎮魂咒，一邊將草紙貼到女童鬼屍的額上，將她的凶煞之氣鎮住了。

「小丫頭，其實你也算幸運了，有這麼一個姐姐疼你，愛你。」我無奈地搖了搖頭，將她搬回冰箱裏，關上了冰箱門。

我這才走到玉嬌蓮身邊，把她胸口的刀拔了出來，割斷了她身上的繩子，把她橫抱起來，進到臥室。我把了一下她的脈搏，發現傷勢並不嚴重，只是急火攻心造成了昏厥，於是放心了。

我找來紗布和消炎藥，幫她簡單處理了傷口，就把她抱出別墅，送到了醫院。

經過醫生的搶救和護理，沒多久，玉嬌蓮就醒了。

玉嬌蓮躺在床上，靜靜地看著天花板，房間裏很安靜。我看了看窗外，天已經亮了，馬路上的汽車聲陣陣傳來。

「餓了吧，我去給你買早餐。」我拿起外套，準備出去。

「謝謝你。」玉嬌蓮側頭看著我，輕聲說道。

「沒關係，我也很對不起你，給你造成了這麼大的麻煩。」我有些尷尬地說，「你好好休息吧，傷勢不是很重，但是失血有點多。」

我買了早餐回到病房，發現玉嬌蓮還在看著天花板發呆。

「吃一點吧。」我拿起一個小籠包，遞到她面前。

「謝謝，我沒什麼胃口。」玉嬌蓮發現我的眼神很堅定，無奈地笑了一下，艱難地伸手接了過去，慢慢吃起來。

我也坐下來吃早餐，然後把東西收拾好，問她道：「要不要方便一下，我去叫護士。」

玉嬌蓮臉色微微一紅，搖了搖頭，輕嘆了一口氣：「你坐下吧，陪我說說話。」

「好。」我有些悶悶地坐了下來，「這件事情錯在我。我會設法補償你的。」

「你拿什麼補償我？」玉嬌蓮饒有興致地看著我問道。

「錢、物、名、地位、權勢，總之，你想要的，我都會盡力滿足你。」我說道。

「這些東西，我都不想要，我要了也沒什麼用。」玉嬌蓮微笑道。

「那你想要什麼，說說看，我儘量想辦法。」我有些自負地說。

「我想要的東西，恐怕你給不了。」玉嬌蓮無奈地皺眉道。

「這可不一定，你說說看吧。」我笑道。

「我想要一個保證。」玉嬌蓮喘了一口氣，悠悠地說：「阿蓮被我害了。我希望能有一個保證，保證她回去之後不受損傷。你能給我嗎？」

「這個——」我遲疑了一下，「這個保證，恐怕給不了你。我不是神，我只能做人力範圍內的事情。」

「就是啊，我也覺得這是不可能的。所以說，我想要的東西，你根本給不了。」玉嬌蓮無奈地說。

我知道她心裏很不好受，只好再次說了一聲抱歉。「你一定很恨我。」我自責地說。

「不，我不恨你。」玉嬌蓮認真地說，「真的，我對你還有些感激。身體上的傷，我根本就不在乎。我心裏的傷，這麼多年來，第一次有人瞭解了，我反而覺得輕鬆了一些。」

我不禁感到又苦澀又好笑。我能夠理解她的孤獨和無助，她其實是最需要朋友的，但是，一般人又無法成為她的朋友。

「阿蓮怎樣了？」玉嬌蓮有些擔憂地問道。

「暫時沒事了，我用鎮魂符把她鎮住了。但是怨氣還是很凶，要等你回去說服她才行。」我微笑道，「你叫玉嬌蓮，她叫阿蓮，你們姐妹倆的名字怎麼是一樣的？」

「我不叫玉嬌蓮。我本來叫丁玉嬌，我妹妹叫丁嬌蓮。玉嬌蓮是我的江湖化名。」

「哦，是這樣。」我點了點頭，「師門的人管你叫五姑娘，是怎麼回事？」

「進入師門的人，都要論資排輩，我排第五，就叫丁五，他們順口就叫我五姑娘了。陳邪就叫三少爺。這些名字都是隨口叫的。」玉嬌蓮又問道，「我聽說，師父他老人家失憶了，是你救了他。他現在怎麼樣了？」

「你放心吧，他很好，失憶了，心情反而好了起來，你應該能夠理解這種狀態的。就比如，如果你現在失憶了，是不是也會開心一點？」我笑問道。

玉嬌蓮有些傷感地說：「你說得沒錯，如果我真的可以忘記的話，就好了。」

玉嬌蓮問道：「對了，我還沒有問你呢，你到底是誰？你是怎麼和師父認識的？你又為什麼當上了代掌門？你是師父的關門弟子嗎？」

我起身走到窗邊，看著外面車水馬龍的街道，微微皺眉道：「我不是玄陰子的弟子。真正算起來，他是我的師叔。」

「什麼？你，你是大師伯玄陽子的徒弟？」玉嬌蓮滿臉驚愕地看著我。

「不錯，我是他的外孫。這個事情，我還沒對師門裏其他人說過。你是第一個知道這個秘密的人。」我轉身看著她，微微笑了一下。

「你為什麼要告訴我這些？」玉嬌蓮怔怔地看著我。

「不是你問我的嗎？」我笑道。

「可是，我問你，你也沒必要說真話啊。」玉嬌蓮無奈地看了我一眼。

「無所謂。」我笑道，「我之所以告訴你，那是因為，我相信你不會把這個事情洩露出去。」

「你就那麼信任我？」玉嬌蓮有些好笑地說。

「用人不疑，疑人不用，如果我手下最得力的助手，我都無法信任，那我就不用混了。」我直視玉嬌蓮的眼睛微笑道。

「你，你什麼意思？我什麼時候變成你的手下了？」玉嬌蓮有些不悅地說。

「你現在不是，但是，你很快就是了。」我伸了伸懶腰，打了個哈欠。

「哼，不可能。」玉嬌蓮嗤笑道。

「你不要太自信。」我撇嘴笑道，「我說你會，你肯定就會的。」

「呵呵，憑什麼？」玉嬌蓮眨眼問道。

「很簡單。」我走到病床前，直視她的眼睛說：「我可以給你那個保證。」

「你說什麼?!」玉嬌蓮不覺滿臉驚愕，不由自主地想要坐起身來，卻因為傷口的扯動，一皺眉，又躺了回去。

「別激動。」我拍拍她的手，走到窗邊，淡淡地說：「這個保證對你來說很重要，所以，我決定用它和你做一些交易。」

「你想要什麼？只要你給我保證，我什麼都可以給你。」玉嬌蓮滿臉熱切地看著我，面頰上有一抹激動的粉紅，氣息也變得重起來，胸脯起伏著。

我回頭看著玉嬌蓮，沒有急著回答，手托下巴，笑吟吟地看著她說：「你可以給我什麼？」

「你，你到底想要什麼？」玉嬌蓮眼神有些躲閃，她皺了皺眉頭，看了看自己的領口，然後抬頭看著我說：「你是不是，是不是想要——我？我，可以給你，只是，我現在受傷了，你等我傷口好些了，就可以了。」

「嗤——」我不覺哼笑一聲，站起身來，說道：「你想錯了。」

「我想錯了？難道你對我不感興趣？」玉嬌蓮有些好奇地看著我，她那身為美女的與生俱來的自信和自負，有一些受傷。

「這個嘛，我承認，你是一個讓任何男人都會心動的美人，我不會對你沒興趣。」我的目光不經意地掃了一下她的胸口，玉嬌蓮立刻臉紅了。

「不過，可惜的是，我是陽支的唯一傳人。陽支的規矩，你應該知道，童子身是命根子，不能丟的。所以，就算我對你再有想法，也只能乾咽口水了。」我微微一笑，在她床邊坐下來，說道：「其實，我一直挺羨慕你們陰支弟子的，可以像正常人那樣生活。」

「那你說你要什麼，我什麼都答應你。」玉嬌蓮點頭道。

「好，那我就說了。」我微微一笑，掰著手指頭說道：「第一，你要回師門掌舵，分管人部，負責整個師門產業的業務拓展，特別是海外市場。你要盡全力幫我將師門發展壯大。」

「這個好辦，你不說我也會回去的，只要你幫了我這個忙。」玉嬌蓮點頭道。

「第二，」我皺了一下眉，看著她說：「我要真心。」

「什麼意思？」玉嬌蓮皺眉問道，「你還是想要我當你的女人？」

我微笑道：「我的意思是說，你是真心跟著我做事。在師門內，你只聽我一個人的命令，在任何情況下，你心裏都只能裝著我。」

玉嬌蓮冷笑了一下，說道：「本來，這個事情並不是沒有可能，但是你居然把它擺到臺面上來說，就是交易的意思了，那這份真心就有些虛假了。我就算給你了，也是被迫的。我現在只能保證我會努力做事，將師門發展壯大，至於我對你到底真不真心，我沒法保證，因為，這也需要緣分。」

「好吧。」我意識到自己有些急於求成了，放緩了口氣說道：「算我說錯了，我道歉。這個事情，我先不對你做要求了。總之，你先回來幫忙吧。」

「還有沒有其他要求？」玉嬌蓮問道。

「沒有了，其他的，等我想到再說。」我淡笑道。

「那好吧，說說那個保證吧，你怎麼給我？」玉嬌蓮話鋒一轉。

「有個辦法，不過，我也不知道能不能奏效。」我皺了皺眉頭，「你有沒有聽說過請神？」

第八十章

驚魂天譴

我不但逆天改命，甚至改了陰人的命，罪責就更重了。

但是，如果我能夠完成這件事情，就算遭遇天譴，

只要還有命在，我就絕對不虧。

經此一役之後，我將成為擁有獨門絕活的陰陽師。

「請神？」玉嬌蓮眉頭一皺，問道：「什麼意思？」

「請神容易送神難嘛，你沒聽說過嗎？」

「這個倒是聽說過，但是，這和保證有什麼關係？」玉嬌蓮還是滿臉疑惑。

「關係大了，因為這個事情，只有通過請神才能解決。當然了，還是那句俗話，請神容易送神難，這神想要請來，不是什麼難事，但是要把神送走，就有些費事了，搞不好會把命搭進去。」我說道。

「這麼危險？」玉嬌蓮有些詫異地看著我，卻很快就放過了這個話題，很顯然，她並不關心我的死活，她只關心我到底能不能幫她的忙。

「那你通過請神就可以保證阿蓮不會受到陰德損傷的懲罰了嗎？你請的是什麼神？」玉嬌蓮好奇地問。

「當然是陰神。」我微笑道。

「哪一路的？」

「這個就不能跟你說了。總之，有這麼一個辦法就是了。」我對她擺擺手，「放心吧，這個事情，我會想辦法操作的，現在說說你的事情吧。你傷好之後，就和我一起回師門，開始接手工作。你開始工作之後，我這邊就開始操作。等到結果出來了，我會通知你的。」

「我怎麼知道你說的話是不是真的？如果你壓根兒就沒有做什麼，就是騙我把阿蓮的魂魄散了呢？」玉嬌蓮顯然不是那麼好騙的。

「相信我，我不會騙你的，因為，想要別人的真心，首先自己要拿真心去換。你妹妹的身上有沒有胎記？」我問道。

「有，她有一顆朱砂痣。」玉嬌蓮猶豫了一下，「你的意思是說，我可以再見到她？」

「如果成功了，應該是可以的。不過，她可能不會再記得你了。」

我問道：「她那顆朱砂痣在什麼地方？有多大？這種印記，要超過一定的大小才能攜帶。」

「有小指甲蓋這麼大，在，在她的——」玉嬌蓮說到這裏，有些為難地停下了：「這大小足夠了嗎？」

「差不多吧，不過攜帶過去了，可能會縮小很多，但是也足夠辨認了。你記清楚地方，到時候我帶你過去辨認，這樣你就能確定她安全了，就不會再懷疑我了。」我說道。

「好，那就一言為定，我希望你能夠快一點，阿蓮多待一天，我就多擔心一天，我真的有愧於她。她只是一個孩子，卻因為我受了那麼多苦難，我這個姐姐，真的對不起她。」玉嬌蓮抬手拭淚。

我無奈地嘆了一口氣。其實，對於她們被玄陰子收留這件事，我一直感到很奇怪。山野的生活雖然艱苦，但是她們為什麼非要從那裏跑出來呢？

「當初，你們為什麼要逃出來，到底發生了什麼事？」我抽出紙巾，遞到她手裏，輕聲問道。

「我，我……」玉嬌蓮擦著眼淚，難以抑制地哽咽著，斷續說道：

「我原本是北城人。六歲的時候，被人騙了，賣到了山裏。我被阿蓮的父母買了，他們買我，是想要把我養大，給他們那個斷了腿的小叔子當媳婦。我被關在家裏，平時負責帶阿蓮。他們不給我吃飽飯，而且經常打我，讓我幹重活，我連逃跑的力氣都沒有。」

「我在他們家熬了三年。阿蓮是我唯一的朋友，她心地很好，常常把爸媽給她吃的東西藏起來留給我吃。後來，我偷偷藏了一部分食物，集中一段時間吃掉，補充了很多體力，然後我藉口帶阿蓮出去玩，就領著她逃了出來。」

「阿蓮知道我的身世，知道我很苦，我帶她出來之後，本來想把她丟在路上，自己逃掉的。她說，姐姐，你別丟下我，帶我走，我跟著你，再苦再累我也不怕，我們永遠是好姐妹。我就帶著她，一路跑回了北城。結果，我們剛安定下來，她就由於嚴重營養不良，再加上腸胃炎，病死了。嗚嗚嗚，這一路上，她從來沒怨過我，每次我們討到一點吃的，她總是說，姐姐，我人小，吃得少，你多吃一點。是，是我，把她害死了，阿蓮，嗚嗚嗚——」

我好半天才平息了心中湧起的那股悲傷，給玉嬌蓮拿了一張紙巾，輕輕握了握她的手，說道：「你放心吧，我會盡一切所能去幫助她的。」

「嗚嗚嗚——」玉嬌蓮放聲哭了起來。

「叮鈴鈴——」手機鈴聲響起，打斷了我們的思緒。

玉嬌蓮伸手將放在床頭的電話拿起來。電話是她的公司打來的。

「不好意思，我今天不能上班了，辭職信我明天會遞交的，再見。」玉嬌蓮果斷地掛了電話。

「你好好休息吧，我就不打擾你了。」我轉身往外走，到了門口又停了下來，轉身看著她說：「中午我給你帶午餐過來。現在你是人部的首領了，我從那邊叫幾個人過來照顧你，你看怎麼樣？」

「不需要，我不想讓他們看到我的樣子。」玉嬌蓮對我微微一笑，「有你就行了。」

我離開醫院，驅車回到了玉嬌蓮的別墅。

別墅的二樓還是一片狼藉。我把房間都收拾乾淨，這才回到一樓客廳坐下，思索著接下來的行動。

我說要給玉嬌蓮的妹妹一個保證，其實我自己並沒有完全的把握，我的這個想法，完全出於我自己的經驗，就連姥爺給我的竹簡古書之中，這個事情也沒有詳細記載。但是，我要大膽嘗試一下，不然的話，就徹底沒有機會了。

首先，我要和玉嬌蓮的妹妹好好談一談。這個小丫頭，到現在為止，對我只有仇恨。在我為她轉魂之前，必須先做通她的工作，不然的話，這件事情根本不可能成功。其次，我就要去踩點了。醫院的婦產科，有經驗的接生大夫，等等。

最後，就是要請神。這是最難的一關。按照正常的情況，像丁嬌蓮這樣的陰魂，一旦轉魂，陰氣外洩，必有陰神前來勾魂。到時候，如果我不能把陰神請走，事情就麻煩了。

這是我第一次操作這麼神秘又重大的事項，心裏的緊張可想而知。沒有前事可做借鑒，一切都只能靠自己隨機應變了。

我又回到了醫院。我沒有去玉嬌蓮的病房，而是走向婦產科，查看了一下情況，接著給陳邪打了電話。

「第六醫院，我要他們醫院所有孕婦的資料，包括家庭背景、胎兒狀況、負責醫生的詳細資料。要快，最好明天就能給我，不管你用什麼方法都可以！」我下了命令。

我出去買了午餐，向玉嬌蓮的病房走去。剛推開病房門，先是看到滿屋子鮮花。玉嬌蓮的上司來了。洪玉龍正滿臉關切地坐在病床邊，癡癡地看著床上躺著的玉嬌蓮。

「怎麼這麼不小心，受了這麼重的傷？你啊，就是太自負啦，連關心都不讓別人關心。這是我親自做的燕窩，喝一點吧，我餵你。」洪玉龍手裏端著精緻的小碗，用小勺子舀著，往玉嬌蓮嘴邊送。

玉嬌蓮沒有張嘴，她看了看洪玉龍，又看了看滿屋鮮花，笑道：「洪總，謝謝你的關心，不過，我現在最需要休息。如果沒有什麼事的話，能不能先請你離開？」

「來，喝掉這碗燕窩，我就離開。我下午還會來看你的。」洪玉龍厚著臉皮，沒理會玉嬌蓮的逐客令。

我心裏有些好笑，走進了病房。

「你來了。」玉嬌蓮連忙說道。

「嗯，該吃午飯了。」我把餐盒放到床邊的櫃子上，逕自拖了一張椅子坐下，開始張羅午餐。

「玉嬌，這位是——」洪玉龍對於我的出現，顯然感到意外。一見到我進來，他眼神一冷，後來仔細一看我的面貌，發現我很年輕，這才放鬆了一點。

「這是我弟弟。洪總，不好意思，我要吃飯了，你的好意我心領了，現在，你可以離開了嗎？」玉嬌蓮說道。

「哈哈哈，小舅子來了，咱們還沒有認識呢，我怎麼能走了呢？小舅子，你說是不是？」洪玉龍大笑著上前拍了拍我的肩頭。

我微微一笑，抬眼看了看玉嬌蓮。

玉嬌蓮皺眉看著洪玉龍，說道：「洪總，我們有事情要商量，請你出去好嗎？」

洪玉龍臉色微微一變，隨即又大笑一聲，點頭道：

「好，好。對啦，小舅子，你叫什麼名字？有空咱們多聚聚啊。」洪玉龍對我伸出手。

我抬頭對他笑了一下，點了點頭，卻並沒有和他握手。

「哈哈，害羞什麼啊？」洪玉龍假裝親熱地上來一下子抱住我，迅速將一張銀行卡塞到我的衣兜裏，附在我耳邊低聲道：

「儘管玩吧，只要你幫我在你姐姐面前美言幾句。」

洪玉龍說完，放開我，向玉嬌蓮一揮手，滿臉開心地轉身向外走。

「洪先生，等一下。」我起身叫住了他。

「呵呵，小舅子，有什麼事情嗎？」洪玉龍滿臉討好的神情，看著我問道。

「我要告訴你，第一，我的名字叫方曉，不是你的小舅子，希望你下次不要再叫錯了。不然的話，我不會對你客氣。這次算是給玉嬌一個面子，不和你計較。」

我把那張銀行卡掏出來，夾在兩指之間，用勁一甩，銀行卡劃出一條弧線，準確地鑽進了洪玉龍的上衣口袋裏。

「這個你拿回去，我不需要。」我說完，轉身坐下，端起一盒飯送到玉嬌蓮的手上：「來，吃飯。」

玉嬌蓮乖巧地點了點頭，接過飯盒。

「你，你們。」洪玉龍站在病房門口，面色一陣青一陣白，良久才冷聲道：「你們根本就不是姐弟！」

「我們是什麼關係，需要你來管嗎？洪先生？」我起身皺眉道。

「好，小子，你有種，你給老子等著！」洪玉龍對我豎了豎大拇指，憤憤地摔門而去。

「你幹嘛非要去惹他？」玉嬌蓮吃著飯，含笑問道。

「我沒有惹他，我說的都是事實。」我隨口說道。

「呵呵，看來男人天生都好鬥啊。你又沒打算娶我，幹嘛非要霸著呢？怎麼，捨不得我啊？」玉嬌蓮瞇眼問道。

「呵呵，沒什麼，只是覺得他不適合你而已。我想，你也不想被這種人糾纏吧，看著心煩。」我幫玉嬌蓮夾了菜。

「哼，那可不一定，他雖然不適合我，但是我還是很享受被追求的感覺的。這一點，你可就太不瞭解嘍。」玉嬌蓮滿臉笑容，有些自得地說。

「哈哈，從現在開始，你是我的人了。我需要你把所有精力和時間都放到工作上。這種人來追你，會耽誤你為我工作的寶貴時間，我可不會允許這樣的事情再發生。」我微微笑道。

「天啊，我真沒想到，你人小鬼大，倒是真會算計。」玉嬌蓮撇著嘴說。

征服欲和好勝心，是一個男人天生的特性，我並沒有想和玉嬌蓮發展什麼關係，但是，見到洪玉龍來獻殷勤，我還是本能地感到不舒服。

「這個，你帶著吧。」吃完午飯，離開病房之前，玉嬌蓮把放在皮包裏的小手槍拿了出來。

「幹嘛，還擔心我吃虧啊。」我笑問道。

「就是讓你拿著防身，我沒有別的意思。」玉嬌蓮臉色微微一紅。

「你放心吧，我用不著。」我轉身出了病房。

我徑直駛上馬路，準備回玉嬌蓮的別墅，後面立刻有兩輛黑色轎車死死地跟了上來。我知道洪玉龍開始出招了，不覺心裏竊笑。

我不動聲色地開著車子，駛上了一條市郊公路，故意帶著那兩輛車往人煙稀少的地方走。我可不想傷及無辜。

「砰——」一聲震響，我的車子一顛。後面那兩輛車覺得時機到了，頂我的車，想把我撞翻。

我一踩油門加快速度，越野車向前猛衝。我瞅準路邊的一片荒樹林，一個甩尾漂移，將車子開了進去。後面那兩輛車還以為我要逃跑，也跟了進來。

我找了一處比較空曠的地方，將車子一停。

「吡——」一陣剎車聲傳來，後面兩輛車也停了下來，接著從車上氣勢洶洶地下來了六七個穿著黑色西裝、戴著墨鏡的男子。

我也一推車門下了車，雙手抱胸，靠在車門上，笑眯眯地看著來人。

「小子，你還笑得出來，知道我們是誰嗎？」領頭的男子走上來指著我的鼻子問道。

「你們，哦，如果我沒猜錯，應該是洪玉龍的狗吧？」我撇撇嘴，戲謔地說。

「他媽的，揍他，卸他一條腿！」被我的話激怒了，那幾個人立刻向我衝過來。

當先的兩個人，顯然是流氓打架的老手，他們一左一右、一上一下，同時向我襲來，拳腳相加，全部衝著我的要害部位，一看就是想一招將我放倒。

頭一個人的拳頭還沒完全抬起，我已經一腳踢中了他的下體，他全身一抽，雙手捂著襠部，蹲到地上。我隨即一個鞭腿，踢到旁邊那個傢伙的太陽穴上，將他砸飛了出去。緊接著，我揉身而上，拳腳並用，不到五分鐘時間，將這些傢伙全部放倒在地。

我拍了拍褲管上的泥土，一邊點煙，一邊向不遠處的黑色轎車走過去。

走到轎車旁邊，我拉開了車門，瞇眼看著坐在駕駛座上哆哆嗦嗦的洪玉龍，抬起手指對他擺了擺，接著將嘴裏抽了一半的香菸塞到他嘴裏，拍拍他的肩膀，說道：

「大少爺，江湖險惡，你還是回去好好管理家族企業吧，不要再出來亂玩了。

下一次再讓我碰到，對大家都不好，你說是不是？」

「是，是，方兄弟，我懂了，你放心吧，我不會再找你麻煩了，對，對不起。」洪玉龍連忙點頭應道。

我拍拍他的臉，轉身向自己的車子走過去。

「那個……」身後傳來了洪玉龍的聲音。

「還有什麼問題？」我轉身問道。

「就是，我想問一下，你和玉嬌到底是什麼關係？你的年紀，我看，不像她的男朋友。」洪玉龍有些緊張地說。

「呵呵，我和她是什麼關係，你不需要知道。不過，我可以告訴你，我現在是她的新東家，她明天會向你交辭職信，到時候，你可不要為難她，免得大家尷尬。」我微微一笑，回到車上，揚長而去。

洪玉龍站在樹林裏，怔怔地發呆。

入夜，無月，幾點繁星，冷風嗖嗖。

我負手站在玉嬌蓮所在的醫院對面高樓的樓頂上，面向醫院，定定地看著。

今晚，我的計畫正式開始實施，首先要摸清醫院的風水格局，辨認出陰司路，方便請神用。

人有人道，鬼有鬼路。陰神走路不沾地，不見天，出入從八卦方位極陰之處。尋常人如果不小心衝撞了陰神，少說也得大病一場。

現在，我就要尋找這個醫院附近的極陰之地。按理來說，醫院的太平間肯定是一處極陰之地。但是，那種陰氣只是屍體的陰力，陰厲的程度不厲害。

真正的極陰之地，大多不是由屍體或冤魂形成的，而是由山川走向或者整體風水格局形成的。

我站在高樓上，俯瞰小半個城市，已然將城市的整體風水格局盡收眼底。在這家醫院的東北方向有一處廢墟。那片廢墟怪樹雜草叢生，蛇蟲鼠蟻聚集，是一處真正的極陰之地。這塊地方雖然位於城市之中，卻荒無人煙，只有垃圾堆。

這家醫院的婦產科位於東南角，太平間在西北角，正好距離最遠。我不覺有些為難地皺起了眉頭。

按照我的想法，想在婦產科裏給丁嬌蓮找一個可以轉世托生的胎兒，而太平間和婦產科距離這麼遠，我就沒法將丁嬌蓮的屍體放到太平間裏，只能在靠近婦產科的地方先藏起來。

在這個過程中，我要設法拖住前來點撥勾魂的陰神，使得陰神無法察覺丁嬌蓮的存在，這樣一來，丁嬌蓮散魂之後，一夜無事，然後順利托生，這件事情就成了。陰神就算過後發現了這個事情，也只能吃啞巴虧。

當然，人衝撞陰神要損傷極大的元氣，更何況要使得陰神駐留下來，這個過程非常危險。當初我得罪河神之後，姥爺因為衝撞河神而出現的恐怖狀況，我現在回想起來還覺得很驚險。鬼神誠不可欺也，衝撞鬼神者，必遭重責。

這次，我就算請神的時候能夠僥倖脫險，恐怕過後還是要遭天譴的。我不但逆天改命，甚至改了陰人的命，罪責就更重了。但是，這是我出道以來所遇到的真正重大挑戰。

如果我能夠完成這件事情，就算遭遇天譴，只要還有命在，我就絕對不虧，經此一役之後，我將成為擁有獨門絕活的陰陽師。更何況，玉嬌蓮也著實令人憐愛揪心，我不能不幫她。

我這麼想著，已經走到了醫院東北角外的牆根下，抬眼向前一看，發現在那片荒林廢墟與醫院之間，有一個很破的草棚，位置恰到好處，正是最佳請神之處。

按照我的推算，夜深三更時分，陰神將從這裏通過，前往醫院太平間，經過篩選之後，再前往婦產科。這就是生閉環，我曾經在醫院裏親自見過。

我要在陰神趕到太平間之前，將他們扣留下來。然後搶在他們正常送生之前，將丁嬌蓮的陰魂遣往婦產科。這樣一來，丁嬌蓮就算是在陰神准許之下轉生的。

拿定主意之後，我給陳邪打了個電話。陳邪來了之後，我讓他在那個破草棚裏，按照我的要求進行佈置。

已經是晚上九點了。我回到玉嬌蓮的病房裏，和她商量了一下，便驅車趕回她的別墅。今晚，我要和丁嬌蓮好好談一談。

這次談話，可能不會太順利，畢竟那小丫頭對我的怨氣太深。但是，一回生，二回熟，多試幾次，小孩子總會被我打動的，我聽到她的經歷，也讓我對她很心疼。實在不行的話，我就讓玉嬌蓮出馬。

我走進別墅，直接上了二樓，打開冰箱，將丁嬌蓮臉上那張鎮魂符撕了下來。

「呼呼——」屋內立刻刮起陰風。

我沒有去看丁嬌蓮的屍體，而是逕自下樓，然後坐到沙發上，在桌子上點了一根蠟燭。我又把買好的一個大蛋糕放到桌上，將蛋糕上面的蠟燭一根根點起來，一共點了十六根蠟燭。我輕輕地唱起生日快樂歌，耐心地等待著。

今天是丁嬌蓮的生日。我想在丁嬌蓮轉生之前，最後給她過一個生日。雖然，她可能並不領情。

玉嬌蓮的別墅位置很偏僻，晚上四周一片寂靜。這種地方，就算不鬧鬼，都讓人有些心裏發毛，更遑論這別墅裏還存著屍體，住著孤魂了。我不得不佩服玉嬌蓮。她是我所見過的膽子最大的女人。

唱完歌後，我發現蛋糕上的十六根蠟燭全部熄滅了，就連蛋糕旁邊那根蠟燭都有些燭火搖曳，似乎也要熄滅。我連忙咳嗽一聲道：

「你放心，玉嬌現在在醫院裏，情況很好，我沒有傷害她。對於之前的事情，我真心向你們道歉。」

我的話音落下，燭火這才穩定了一點。我瞇眼看著燭光，看著蠟油一點點彙聚到燈芯，化作焰火。

「我已經和玉嬌談妥了。」我盯著燭光，淡淡地說：「你可能到現在還以為我是一個壞人。我是來幫助你們的。這一點，你務必要相信我，你應該知道，憑我的實力，你們根本就不是我的對手。所以，如果我想要做什麼，我根本就不需要跟你們耍手段。」

我點了一根菸，半躺在沙發裏。

我看似隨意，卻迅速瞇眼掃視了一下大廳，發現樓梯口正氤氳著一團黑氣。我又看向前面的電視螢幕，能清楚地看到，螢幕裏映出來，在靠近樓梯口的地方，站著一個穿著白色連衣裙的小女孩，手裏抱著一個洋娃娃，一臉怯生生的模樣。

「明天你姐姐就會回來看你。我現在要和你商量一個事情，想徵求一下你的意見。如果你不同意的話，可以把蠟燭吹滅。」我撣了撣菸灰，捏捏眉心道：

「我和你姐姐商量過了。她強行將你留在身邊，你的陰德已經大損。她即便放你回去，你說不定要下油鍋上刀山。」

「嘶嘶——」電視機傳來一陣響聲，自動開啟了。螢幕上沒有播放節目，而是淡淡地顯示了幾個字。

滿屏雪花遍佈，我看不清楚，起身走近一辨認，那字跡居然是：我不後悔。

我不覺有些感動，回到沙發上坐下來，繼續說道：

「當初，玉嬌是因為不懂事才那樣做的。她後來明白厲害之處，已經是騎虎難下了。雖然她想給你一個好歸宿，卻一直沒有辦法。現在，我有一個辦法。我做這個事情，也要冒很大的風險。你不要以為我用這個事情來要脅玉嬌。好了，和你說一說我的計畫。」

「呼呼呼——」聽完我的計畫之後，燭火劇烈地搖曳起來，電視機沙沙直響，上面出現了幾個血紅的大字：我不走！

「你不要孩子氣！」我豁然站起身，下意識地伸手向腰裏摸去，想去抽打鬼棒，但是又停下了。

「這是你唯一的機會。你現在已經不是小孩了，你應該知道，這樣下去不是長久之計。你多留下來一天，就多一分危險。你不在乎，你不後悔，但是玉嬌在乎，玉嬌已經很後悔了。你現在走，不光是為了你自己，也是為了玉嬌，為了讓她下半生能夠安心。難道你希望她眼睜睜地看著你魂飛魄散，一輩子活在痛苦和內疚之中嗎？」我冷聲說道，又放緩了口氣：

「何況，我的計畫並不是要你和玉嬌分離，你們還會再見面的。你們的緣分並沒有就此了結，只要你不轉生成男孩，你們的姐妹之情還可以繼續。這又有什麼不好呢？你說是不是？」

我靜靜地看著電視螢幕，等待著回答。良久之後，也沒有任何回應，大廳裏靜得可怕。燭火搖曳著，並沒有熄滅。

「好吧，那我就當你同意了。我給你準備的時間，是兩日後的午夜。到時候，玉嬌會親自送你過去。我祝你一生幸福。」我端起桌上的一杯酒，對著電視機一晃，仰頭一飲而盡。

「天晚了，我要去睡了。」我上了二樓，直接進了玉嬌蓮的房間，躺到床上就睡。我忙碌了一天，確實有些累了，很快就睡著了。

睡夢之中，我看到一個小女孩站在床邊，一直看著我，不時抬手抹著眼淚，似乎哭得很傷心。

我一覺醒來，天色已經微亮。初春清冷的風，帶著些許濕氣吹來，院子裏的樹葉在晨霧中悠悠晃動。

玉嬌蓮的大床很舒服，我一覺睡醒，感覺全身舒暢。我把院子打掃了一下，驅車趕往醫院。買好早餐之後，我向玉嬌蓮的病房走去。

還沒有走進病房，我就察覺到氣氛不對，走道裏飄蕩著一股煞氣。

「壞了！」我心裏一緊，快速衝進玉嬌蓮的房間，玉嬌蓮已經不在了。

「這個房間的病人呢?!」我抓住一個小護士，憤怒地吼道。

「被，被人接走了。」護士驚恐地說。

「誰，誰接走的?!快說！」我冷眼瞪著她喊道。

「我不認識，他們說是病人的朋友。」小護士戰戰兢兢地說。

「多久了?什麼時候接走的。快說！」

「天剛亮的時候，來了十幾個人，都穿著黑衣服，戴著墨鏡，我們院長都不敢攔他們。」小護士驚慌地說。

「操！」我轉身看著空蕩蕩的病房，牙關緊咬，嘴角浮上一抹陰冷的笑容。

「陳邪，把鬼手叫上，有多少人給我出動多少人，目標是英奇集團洪玉龍。我要你們在最短時間內找到玉嬌蓮的下落，要確保玉嬌蓮的安全！」

掛了電話，我冷笑一聲，面無表情地回到車上，向英奇集團趕去。

沒多久，陳邪的電話打進來了。

「代掌門，洪玉龍那邊，我們一直有人盯著的，現在他不在英奇集團總部，我們正在派人去他的別墅和幾個常去的落腳點查看情況。五師妹是什麼時候被他們劫走的？」陳邪問道。

「差不多一個小時了。你們都速度快一點。你把洪玉龍最有可能去的地方發給我，我現在就過去。」

短信聲響起，我拿起來一看，果然是一個地址，卻不是陳邪發過來的，而是一個陌生號碼。這個號碼我還有一點印象，是薛寶琴的。

「南城區，泰山路，五嶽別墅，有槍，小心。」

我立刻打了電話：

「陳邪，所有人，南城區，泰山路，五嶽別墅。給我包圍起來，不准跑走一個人，等我一到，立刻進攻，我要親手宰了洪玉龍這個混蛋！」

我一踩油門，心裏很狂躁。

二十分鐘不到，我已經在泰山路五嶽別墅前面停了下來。我抬頭一看，發現陳邪已經帶人將整個別墅都圍起來了，卻不敢靠得太近。

「攻進去！」我走下車，下了命令，接著信步走進別墅。

別墅之中一片混亂，兩撥人的打鬥正在四處展開。有了前面的教訓，洪玉龍這次請來的人可都不是弱手，其中有些人，就算是陳邪對上，也要糾纏一會兒才能搞定。

我皺了皺眉頭，抬腳直接上了樓，連續用陰魂尺點倒幾個保鏢，一路來到三樓。

三樓的門廊上站著四五個黑衣大漢。我冷哼一聲，手裏的陰魂尺一捏緊，爆發出一股磅礴的陰尺氣場，猛地向那些黑衣大漢掃去。他們還沒有反應過來是怎麼回事，就已經悶哼一聲，軟倒在地了。

我一腳踹開門，走進富麗堂皇的臥室，一眼看到被綁在床上的玉嬌蓮，洪玉龍正滿臉淫邪地說：「我那麼愛你，你為什麼非要逼我對你動粗呢？你說你是不是犯賤?!」

玉嬌蓮緊咬小嘴，閉眼不去看洪玉龍，胸口急速起伏著，顯然很憤怒。

「老子這麼有錢，要什麼有什麼，多少女人想和我在一起，我都不願意，你卻偏偏不識抬舉！哼，臭娘兒們！」洪玉龍抬手扇了玉嬌蓮一巴掌。

「呸！」玉嬌蓮扭頭一口唾沫啐到他的臉上。

洪玉龍惱羞成怒，一下子跳到床上，騎在玉嬌蓮身上，抬起手就準備向玉嬌蓮的臉上抽下去。

「如果你再敢動她一下，我一定會讓你後悔莫及，你信嗎？」我踏前一步，冷聲說道。

「嘿嘿，哈哈哈哈，方曉！」洪玉龍莫名地大笑起來，從床上跳下來，冷眼看著我說：

「我就知道你會來。哼哼，怎麼樣，看到你心愛的女人被我這麼玩弄，你是不是很心疼？你有沒有後悔？你有沒有覺得不該得罪老子？」

「哦，我還真沒有這麼想。怎麼，洪大少爺，你就這麼志在必得，認為你已經占上風了嗎？你怎麼也不想想，我又怎麼會出現在這裏呢？」我冷冷地說。

「哈哈，那是因為我早就交代過，讓他們放你進來，只有你可以進來！」洪玉龍突然探手從腰裏拔出一把手槍，指著我說：

「你的身手很厲害，我見識過。但是，武功再強，也怕手槍。嘿嘿，方曉，你知道接下來，我要做什麼嗎？」

「唔，不太清楚，還請指教。」我微微笑道。

「我會先打斷你的腿，再打斷你的手，讓你動不了，然後，我就當著你的面，玩弄你的女人。嘿嘿，怎麼樣，你現在後悔了嗎？」洪玉龍滿臉得意地笑著。

「我有點後悔了。」我皺了皺眉頭，認真地說。

「是嗎，你現在跪下來求我，我說不定還可以少打你兩槍。」洪玉龍更得意了。

「我後悔的是，我到現在才發現，你是這麼愚蠢幼稚，你當我的對手，根本就是對我的侮辱！」

我說話的同時，已經快速移步，在洪玉龍壓根兒就沒反應過來的當口，抓住了他握槍的手腕，用力一捏，把他的腕骨捏碎了。

洪玉龍可能永遠也想不明白，為什麼他這麼有錢有地位，卻在與我對決時不堪一擊。因為，他不是江湖中人，他過慣了養尊處優的生活，對於世道險惡根本就沒有深刻的認識。

我很輕鬆地把洪玉龍的手槍繳獲了。我冷笑一聲，順手一槍，打在了他的腿部。

「啊——」一聲慘叫，洪玉龍跪倒在地，血沾濕了他的褲腿和地面。

我收起手槍，把玉嬌蓮從床上放開。

「不好意思，是我考慮不周，讓你受驚了。」我抱歉地說。

「沒關係，也是我不小心，睡得太沉了，被他們用迷香熏倒了。不然的話，他們根本不可能綁架得了我。」玉嬌蓮微微皺了皺眉頭，抬手按了按胸口，臉色不是很好。

「傷口怎麼樣了？」我關切地問道。

「有一點疼，回醫院處理就行了。外面的情況怎麼樣？」玉嬌蓮低頭看了看在地上哼哼的洪玉龍，說道：

「你有點衝動了。洪玉龍雖然愚蠢無用，但是，他是洪家的三代單傳，你恐怕會惹上大麻煩。」

「哦，這麼說來，這件事情還沒法結束了，是嗎？」我瞇眼問道。

「你以為洪玉龍為什麼敢這麼猖狂？他們洪家的權勢，在這個城裏還沒有幾個人可以比得上。你惹了他們，恐怕今後的日子不好過。」玉嬌蓮站起身，一邊往外走，一邊說道：

「先不說這些了，那件事情，你準備得怎麼樣了？」

「基本都搞定了，我去醫院找你，就是想和你商量來著。小丫頭已經被我說服，同意我的計畫了。我想讓你親自送她上路，希望你到時候能夠堅定一點，不要再生出意外來。」我和玉嬌蓮一起走了出去。

這時，洪玉龍的保鏢都已經被陳邪搞定了。外面安靜了下來，陳邪正站在大廳裏等著我們。

「我們先回醫院，你讓他們把這裏清理一下再離開。怎麼沒見到鬼手？」我皺眉問道。

「嘿嘿，他早就來了。」陳邪微微笑道，「他去路口那邊堵路去了。不然我們也不會這麼順利。」

「哦，這麼說，這件事情還有點複雜啊。」我皺了皺眉頭，有些不大情願地拿起電話，準備撥薛寶琴的號碼。這時，我看到幾輛警車正向我們開過來。

陳邪不覺臉色一變，急忙對司機說：「快，衝過去！」

這時，我的手機接到了一條短信，點開一看，是薛寶琴發來的：「不想惹麻煩的話，停車等我。」

我微微一皺眉，對司機說：「靠邊停車。」

「代掌門，這不是自投羅網嗎？」陳邪有些緊張地問道。

「不用擔心。」我揮揮手，打斷了他的話。

車停下之後，警車走遠了，薛寶琴也很快就到了。她穿著黑色西裝，笑吟吟地走過來，還戴著一副黑色皮手套，很幹練的樣子。

「大小姐，我們現在可以走了嗎？」我攤攤手問道。

「怎麼，犯了事，就準備一走了之了？」薛寶琴笑問道。

「我聽說那小子的後臺很硬，大小姐，你能搞定嗎？」我低聲問道。

「我為什麼要幫你搞定？你總得給我個理由吧。」薛寶琴含笑看著我。

「這個，我們不是朋友嘛，朋友就得互相幫助不是？」我有些無奈地看著她。

薛寶琴冷哼一聲，扭頭看著玉嬌蓮，問道：「你就是丁玉嬌吧？」

「是的。請問你是？」玉嬌蓮有些疑惑地看著薛寶琴。

「這位是我的朋友，你叫她大小姐就行了。」我連忙介紹道。

「大小姐好。」玉嬌蓮很乖巧地說。

薛寶琴上下打量著玉嬌蓮，有些酸酸地瞥眼看著我說：

「你接下來要做什麼？不會一直賴在北城吧？你姥爺可是奄奄一息了，你不會不管不問了吧？」

我尷尬地笑著說：

「我還有一件事情要辦，兩天後就回去，到時候，我去向你辭行。」

「這還差不多。」薛寶琴這才轉身上車離開了。

請續看《我抓鬼的日子》之八 鬼眼迷蹤

我抓鬼的日子 之七 驚魂天譴

作者：君子無醉
發行人：陳曉林
出版所：風雲時代出版股份有限公司
地址：105台北市民生東路五段178號7樓之3
風雲書網：http://www.eastbooks.com.tw
官方部落格：http://eastbooks.pixnet.net/blog
Facebook：http://www.facebook.com/h7560949
信箱：h7560949@ms15.hinet.net
郵撥帳號：12043291
服務專線：(02)27560949
傳真專線：(02)27653799
執行主編：朱墨菲
美術編輯：許惠芳

法律顧問：永然法律事務所 李永然律師
北辰著作權事務所 蕭雄淋律師

版權授權：蔡雷平
初版日期：2015年3月
初版二刷：2015年3月20日
ISBN：978-986-352-069-6

總 經 銷：成信文化事業股份有限公司
地　　址：新北市新店區中正路四維巷二弄2號4樓
電　　話：(02)2219-2080

行政院新聞局局版台業字第3595號 營利事業統一編號22759935
©2015 by Storm & Stress Publishing Co.Printed in Taiwan
◎ 如有缺頁或裝訂錯誤，請退回本社更換

定價：280元　特價：199元　**版權所有　翻印必究**

國家圖書館出版品預行編目資料

我抓鬼的日子 ／ 君子無醉 著. -- 初版-- 臺北市：風雲時代，
2014.6 -- 冊；公分

ISBN 978-986-352-069-6（第7冊；平裝）

857.7　　103013689

風雲時代